El códice Astaroth

cuatrovientos

El códice Astaroth

DANIEL HERNÁNDEZ CHAMBERS

Planetalector

Consulta el
MATERIAL DIDÁCTICO
de esta edición en
www.planetalector.com

Avda. Diagonal, 662-664, 08034 Barcelona

Primera edición: febrero 2011
ISBN: 978-84-08-09911-6
Fotocomposición: Zero preimpresión, S. L.
Depósito legal: M. 614-2011
Impreso por Brosmac, S. L.
Impreso en España – Printed in Spain

FICHA BIBLIOGRÁFICA

HERNÁNDEZ CHAMBERS, Daniel
El códice Astaroth, Daniel Hernández Chambers – 1ª ed. –
Barcelona: Planetalector, 2011
Encuadernación: rústica ; 224 págs. ; 13 × 19,5 cm –
(Cuatrovientos. A partir de 14 años)
ISBN: 978-84-08-09911-6
087.5: Literatura infantil y juvenil
821.134.2-3: Literatura española
Tratamiento: aventura y misterio. Tema: historia y culturas

A Kalena

Chloe

Megan

Emma

1348

La tormenta había concedido una tregua e Íñigo la aprovechó, aunque parecía que la lluvia no tardaría en volver. Le gustaba pasear por la playa a solas, cuando nadie lo veía, y hundirse en sus pensamientos y tribulaciones sin intromisiones ajenas. El mar estaba enfurecido, pero no le prestó atención; tenía cosas más importantes en la cabeza, como su cercana iniciación en el sacerdocio. La arena mojada se había endurecido y sus huellas quedaban perfectamente marcadas en ella.

Vio una piedra plana de poco tamaño y se agachó a cogerla; nunca había pasado de cuatro botes antes de que la piedra se hundiese, pero con aquélla estaba seguro de que podría superarlo... Justo en ese momento oyó un ruido que no supo reconocer, una especie de crujido, como si una casa se estuviera viniendo abajo. Buscó su procedencia y se encontró mirando mar adentro, donde un navío aparecía y desaparecía de su vista al ritmo del oleaje.

A lo largo de varios minutos lo observó asombrado, ya que el barco no cambiaba de rumbo, sino que continuaba acercándose más y más a la orilla. Luego, durante un breve instante, sólo pudo ver el mástil, que sobresalía por encima de las olas coronadas de espuma, y pensó que se hundiría sin remedio, pero al punto resurgió e Íñigo sonrió para sus adentros confiando en que virase y evitara la costa.

Cuando la nave se aproximó lo suficiente, el joven se dio cuenta de que no podía distinguir a nadie en cubierta, y conjeturó que tal vez ésa fuese la explicación: por algún motivo la tripulación había abandonado el barco a su suerte y por eso la marea y las corrientes hacían y deshacían con él a su antojo, como si fuera un juguete. Ya estaba demasiado cerca como para salvarse; las olas, inmensas, no iban a permitir que regresara a mar abierto ni aunque lo hubieran tripulado los marinos más avezados.

Contuvo la respiración y empezó a mover los labios mientras formulaba una oración aun sabiendo que no iba a dar resultado.

El primer impacto fue contra unos arrecifes que hicieron que saltasen astillas del casco y que la nave se escorase hasta que la punta del mástil tocó la superficie del agua.

Íñigo permaneció paralizado, sobrecogido por el espectáculo, sin darse cuenta de que la lluvia comenzaba a caer de nuevo. El barco había recobrado la verticalidad y, por su proximidad, parecía haber aumentado de tamaño ante los ojos del joven. Un nuevo crujido, de madera que se parte, inundó la pequeña playa cuando al fin las olas arrojaron el navío hacia la orilla, igual que a un desecho que el mar no desease guardar. El casco se deslizó sobre la arena quebrándose cada vez que encontraba una roca a su paso.

Íñigo tuvo que salir de su ensimismamiento y saltar de forma precipitada a un lado para evitar que la nave se lo llevase por delante. El buque pasó junto a él como una exhalación, levantando cortinas de arena, y se detuvo con brusquedad cuando la proa chocó contra el muro de roca. Ahora estaba completamente fuera del agua y ocupaba todo el ancho de la playa.

Pasó un rato antes de que el joven reaccionase

y volviera a ponerse en pie, aún con aquella pequeña piedra plana en la mano.

—¿Hay alguien ahí? —gritó mirando hacia arriba—. ¿Hola?

Sólo contestó el rugido del viento y el ruido de la lluvia, que cobraba intensidad por momentos. Repitió la llamada con el mismo resultado. Allí no había nadie.

Íñigo supuso que podía deberse a la gran epidemia de peste por la que habían muerto miles de personas en toda Europa; en algunos casos había llegado a eliminar poblaciones enteras. Había oído que en ocasiones, si un marino embarcaba portando la enfermedad, tras pocos días en alta mar toda la tripulación moría y el barco vagaba solo, a la deriva, hasta que alguna tempestad lo hundía o lo arrojaba a la costa. Algo así debía de haber causado aquello que ahora tenía ante sí.

Recorrió la eslora del navío hasta que encontró un boquete en el casco por el que su cuerpo menudo cabría sin grandes dificultades y, tras dudar unos instantes, se deslizó hacia el interior.

Le golpeó en la nariz un tufo a humedad, madera podrida y algo más, quizá comida corrupta, quizá (aunque intentó evitar la imagen que se abría paso en su mente) algo peor que eso. Al acostumbrarse a la oscuridad descubrió que la bodega en la que había entrado estaba prácticamente vacía, sólo en un rincón se distinguían unos barriles sujetos con maromas. Salió por una puerta que comunicaba con otra bodega idéntica, aquélla con varias hamacas de tela colgadas de postes y del techo. La cruzó y salió a un corredor que terminaba en una escalera casi vertical, por la que ascendió a la cubierta. Las velas colgaban desgarradas del mástil y del palo de mesana. No había nadie. Miró hacia la cubierta elevada de la popa y vio otra puerta en lo que intuyó que sería el camarote de mando durante la navegación. Por si acaso, volvió a llamar a voz en grito, pero resultaba obvio que el barco estaba desierto. Lo que hubiera sucedido con la tripulación constituía un misterio sobre el que Íñigo tan sólo podía conjeturar.

Entró en el camarote y lo encontró en total desorden. Únicamente la mesa, por estar clavada a la tarima, continuaba en su sitio; todo lo demás estaba volcado y tirado por el suelo. El joven paseó la vista por la estancia sin saber qué esperaba encontrar, y su mirada fue a caer sobre un libro que yacía abierto en el suelo con las cubiertas de cuero hacia arriba. Se agachó y le dio la vuelta, leyó unas líneas al azar, suficientes para darse cuenta de que tenía en sus manos el cuaderno de bitácora del capitán de la embarcación. Al ir a levantarse, descubrió un segundo libro bajo la mesa, más grande y voluminoso, de tapas de madera oscura.

No sabría decir qué extraño impulso lo guió a coger ambos volúmenes y llevárselos consigo.

PRIMERA PARTE

EL BOSQUE

I

2008

A pesar de que parecía mirarlo con suma atención, Gabriel no registraba ningún rasgo del paisaje que se veía a través de las ventanillas. Estaba absorto en otros pensamientos, en todo lo que había querido y no iba a poder hacer aquel verano.

Pasar las vacaciones en compañía de Ernesto y Ángela, un matrimonio amigo de sus padres, no era en absoluto lo que le apetecía, pero no le habían dado opción. En parte podía considerarse un castigo: había suspendido dos asignaturas que tendría que recuperar en septiembre, historia y matemáticas, y quedarse en casa con los amigos cerca, con la playa, con la cancha de baloncesto, con los compañeros del grupo de teatro, no era lo mejor para concentrarse y estudiar. Estaba claro: él mismo se lo había ganado, pero saberlo no le suponía ningún alivio; más bien al contrario, su enfado consigo mismo se proyectaba hacia los demás. Y de todos modos, aunque hubiese conseguido aprobarlas todas, el resultado habría sido el mismo: su padre era periodista deportivo y le habían encargado cubrir las olimpiadas de Pekín, con lo que forzosamente pasaría un mes en China. La madre de Gabriel, funcionaria de Correos, aprovechaba las vacaciones para acompañar a su esposo en lo que su hijo intuía que era una segunda luna de miel a la que, obviamente, él no estaba invitado.

En un intento de animarlo, su padre había consentido en poner música durante el viaje en vez de las tertulias radiofónicas que siempre sintonizaba. Pero ni con ésas: las canciones *rock* con las que habría disfrutado en cualquier otro momento no alcanzaban entonces sus oídos. Igual que el terreno que recorrían, la música que brotaba de los altavoces no calaba en su cerebro; era como si Gabriel se hubiese encerrado en el interior de una burbuja opaca e impermeable.

Su padre lo miró furtivamente por el espejo retrovisor. Con el pelo casi negro, el flequillo largo que siempre se retiraba a un lado porque le tapaba la visión y los ojos inquietos y alargados marrón claro, Gabriel le recordaba a sí mismo unos años atrás. Incluso en lo de las matemáticas se parecían, pero eso no pensaba decírselo. Las pecas no eran suyas, eran de Elvira, y le quedaban bien, lo hacían parecer todavía más niño que adulto, por mucho que él estuviese empeñado en lo contrario.

Ernesto y Ángela vivían en el norte, en Asturias; habían decidido hacía años abandonar la vida frenética de la ciudad y realizar un viejo sueño. Se mudaron a las montañas y remodelaron una antigua casona para convertirla en un pequeño hotel de turismo rural. Las cosas nos les habían ido nada mal, y lo que en principio había parecido una utopía se había convertido en su vida diaria. Gabriel apenas los conocía; si no recordaba mal los había visto en tres ocasiones muy espaciadas en el tiempo. Tenían una hija de su misma edad, Laura.

—Laura te enseñará los alrededores —le dijo su padre, volviendo a poner el coche en marcha después de repostar en una gasolinera. Una cordillera se recortaba ante ellos—. Es una chavala muy maja.

Gabriel suspiró. La última vez que había visto a aquella chica, tres veranos antes, no habían congeniado en absoluto.

Su madre giró la cabeza hacia él.

—Todavía faltan dos horas como mínimo, ¿por qué no intentas dormir?

Laura se apartó de la cara un mechón de su melena castaña y miró por la ventana de su cuarto, situado en la tercera planta del edificio. Suponía que el coche aparecería en cualquier momento.

—Esta habitación es la mía —había protestado inútilmente, subrayando con claridad las dos últimas palabras, cuando su madre le dijo que debía cedérsela a su invitado.

—Estamos a tope de reservas, Laura. No hay otro sitio, tendrás que dejársela a Gabriel.

—Pero ¡no lo conozco!

—¡Claro que os conocéis! Además, nació sólo tres días antes que tú, cuando...

—Sí, mamá. Otra vez eso no, por favor. Cuando tu amiga Elvira salía del hospital entrabas tú, me lo has contado mil veces.

—Pues entonces, ¿por qué protestas? Los dos tenéis quince años, seguro que os lleváis de maravilla. Además, sólo será por unos días.

—¿Unos días? ¡Un mes entero! Eso no son «unos días».

—Anda, venga, recógelo todo, que ya tendrías que haberlo hecho ayer.

Laura dio la batalla por perdida y comenzó a guardar sus cosas sin intentar disimular lo más mínimo su gesto de enfado. Su reino profanado por un intruso. ¡Por un chico! ¿Es que acaso su madre no se daba cuenta? Le habría molestado incluso si se hubiera tratado de una chica, su dormitorio era su territorio, el único lugar del edificio en el que podía estar a solas por completo consigo misma; por mucho que el hotel estuviese a rebosar de clientes, era su refugio, su cámara privada. ¡Y es que se trataba de un chico! ¡Un chico! ¿Quién había tenido la genial idea de que ocupara su habitación? ¿Por qué no habían dejado libre una de las habitaciones de huéspedes? Su madre le había dicho que ésa había sido la idea, pero que la última solicitud de reserva que habían recibido era de un total de diez habitaciones y para dos semanas enteras, algo que no podían rechazar. «Durante los primeros días tendrás que prestarle tu dormitorio —había comentado entonces su madre—, y después le pondremos a él en la primera habitación que quede libre y tú podrás recuperar la tuya.» «Recuperar» le pareció a Laura una palabra muy acertada: tendría que recuperar su territorio, reconquistarlo después de que hubiera sido invadido.

En aquel momento estaba de nuevo sola y oteaba la carretera esperando verlos aparecer. De acuerdo, tenían la misma edad, pero no se llevarían bien, eso era un hecho. «Esas cosas se saben desde el primer momento», pensaba Laura; hay gente con la que congenias en seguida y otra con la que no hay manera, y Gabriel estaba en ese segundo grupo. Vivían en mundos opuestos y cada uno era un alienígena para el otro.

El verano se le antojaba largo y frustrante.

Al fin llegaron, después de pasarse el día entero en la carretera parando solamente una hora para comer y luego una vez más para estirar las piernas y tomar un café a media tarde.

El hotel Entresierras parecía encajado en una pared vertical de roca. Era una casona de tres pisos a la que se le había añadido años atrás un edificio anexo para ampliar su capacidad. Para llegar hasta él había que desviarse de la nacional y recorrer varios kilómetros por un sendero de tierra que zigzagueaba entre montañas y precipicios.

La noche ya estaba muy cerca y todos los huéspedes del hotel habían regresado para cenar, por lo que el restaurante, en la planta baja, estaba hasta los topes. Ángela se escabulló para salir a recibir a la familia recién llegada y, después de la sesión de besos y abrazos, los guió hacia el interior.

—¡Vaya cara de agotamiento, Gabriel! Ni que hubieras venido caminando desde Málaga. ¿Tenéis hambre?

—Bastante.

—Directos al restaurante, entonces. Ernesto está en la cocina y Laura, sirviendo a los huéspedes.

El saludo entre los dos muchachos fue breve y gélido. Laura aprovechó que tenía que atender las mesas (durante las vacaciones hacía las veces de camarera echando una mano a sus padres) para escurrirse hacia la cocina con un pedido, y Gabriel recibió un codazo disimulado de su padre que, en cuanto se quedaron a solas, le dijo en voz baja:

—Levanta ese ánimo. Ya verás como aquí te lo pasas estupendamente.

—Estás en plena naturaleza —añadió su madre.

—Estoy en el fin del mundo.

Su padre estiró el dedo índice y lo apuntó; aquel gesto tan repetido era con el que siempre dictaba sentencias fulminantes:

—Con ese espíritu no vas a ninguna parte.

—Claro, vosotros os vais a Pekín y a mí me dejáis en este agujero. ¿Qué espíritu voy a tener?

La discusión se vio interrumpida por el regreso de Ángela con la cena. Al poco, Ernesto salió a saludarlos con su corpachón gigantesco enfundado en un atuendo de cocinero, y prometió unírseles en cuanto le fuera posible.

—Pero ahora me necesitan en la cocina —dijo—, ya veis cómo está esto.

—Tranquilo, que traemos tanta hambre que no podemos ni hablar.

—Perfecto; pues nos vemos luego.

No fue hasta que la mayoría de los huéspedes se retiraron cuando Ernesto y Laura pudieron finalmente sentarse junto a los recién llegados alrededor de una cafetera humeante. Gabriel miró a la joven durante unos segundos. Entonces era más guapa que tres años antes y la expresión exageradamente seria que mostraba su cara le sentaba bien. Le dio la impresión de que debía de estar enfadada por algo.

—A Pekín, ¿no? Y con los gastos pagados, ¡eso es vida! —bromeó Ernesto.

—No te creas, no son unas vacaciones. Tendré que madrugar todos los días y escribir una crónica diaria.

—No me hables de madrugar, que llevo quince años levantándome antes del alba.

Gabriel arqueó las cejas al oír aquello y los demás se percataron.

—No te preocupes —lo calmó Ángela—. Tú eres nuestro invitado, no estás obligado a hacerlo.

—A ti te dejaremos dormir cinco minutos más —se rió Ernesto.

—Hablando de madrugar... —dejó caer Elvira.

—Sí, es verdad, ¿a qué hora sale vuestro avión?

—Tenemos que estar en Madrid a mediodía.

—Mejor será que vayamos acostándonos.

—Sí. Laura, enséñale la habitación a Gabriel, que se nos va a caer de sueño.

Ernesto miró el semblante serio del chico.

—Esto te gustará, chaval, ya lo verás. Mañana Laura te llevará a dar una vuelta por los alrededores. Aquí hay posibilidad de hacer de todo: senderismo, montañismo, *rafting*, un poco de escalada si te atreves, incluso natación en el lago. Lo único que te advierto es —aquí les guiñó un ojo con disimulo a sus amigos— que no te acerques al bosque de la Caldera.

Gabriel asintió sin más, sin darle pie a que explicara el porqué de aquella prohibición.

—Ven conmigo —le indicó Laura con una desgana que no pretendió ocultar en absoluto.

—¿Ésta es tu...? —empezó a decir Gabriel al descubrir la decoración del cuarto, algo femenina para su gusto. Saltaba a la vista que aquélla no era una habitación más del hotel.

—Sí, no hay más remedio, es temporada alta y tienes que ocupar mi dormitorio.

Gabriel dejó su bolsa de viaje en el suelo. Aparte de la ropa, no había llevado demasiadas cosas, sólo su iPod y un libro que le había prestado una amiga, *El enigma Rosenthal*.

—Y tú, ¿dónde vas a dormir?

—Me han puesto una cama plegable en la habitación de mis padres.

Resultaba tan obvio que a Laura no le agradaba la situación, que Gabriel optó por ofrecerle una disculpa:

—Lo siento. A mí no me gusta que nadie se meta en mi habitación sin mi permiso.

—A mí tampoco —recalcó ella clavando en él sus ojos grandes.

—¿Y no hay ninguna otra opción?

—Parece que no. A no ser que prefieras dormir en el sótano, en la pequeña bodega que ha montado mi padre.

—No, gracias, el vino no me va mucho —bromeó—. No te preocupes, intentaré no tocar nada.

Laura hizo un gesto de asentimiento. Que no tocase nada estaba bien, pero no era suficiente; su sola presencia allí y el destierro al que la habían castigado a ella era lo que la hacía rabiar.

—Estoy que me caigo de sueño. —Viendo que

ella no hacía ademán de marcharse, añadió—: ¿Dónde está el lavabo?

—El aseo está en el pasillo, la siguiente puerta.

El muchacho cogió el neceser de la mochila y regresó al pasillo. Se cepilló bien los dientes y volvió a entrar en el cuarto. Laura continuaba en la misma posición, con los brazos cruzados sobre el pecho.

—Oye, ¿qué era eso que decía tu padre sobre el bosque? ¿Por qué no puedo acercarme?

—Porque puede que te tropieces con Horace Kenton.

—¿Y quién es ése?

—Un muerto.

Gabriel arqueó las cejas, seguro de que Laura pretendía tomarle el pelo.

—¿Qué chorrada es ésa?

Pero para entonces la muchacha ya había desaparecido, dejándolo con la incógnita.

Gabriel se desvitió, se puso el pijama y se acostó. Cerró los ojos con el deseo de que al abrirlos se encontrase de vuelta en su casa de Málaga, de que todo hubiera sido simplemente un mal sueño. Probó a abrirlos y no, seguía estando en la misma habitación forrada de madera y seguía viendo la mirada de odio de su anfitriona. Ni que fuera culpa suya; él ni siquiera quería estar allí. Se sentía observado por los miembros de Coldplay, cuyos retratos colgaban de la pared, justo enfrente de él. Por mucho que le gustasen algunas canciones de aquel grupo, nunca habría puesto un póster suyo en su cuarto; él tenía todas las paredes cubiertas con dibujos tamaño folio de *Kuroshitsuji*, un manga que había leído el año anterior.

Buscó una posición cómoda en la cama. Estaba agotado, pero se encontraba de tan mal humor que no conseguía conciliar el sueño.

Al fondo del pasillo, en la habitación de sus padres, Laura tenía pensamientos similares. Estaba enfadada con el mundo entero: con sus padres por haber metido a aquel intruso en su cuarto, con Gabriel porque él era el intruso, con todos los clientes del hotel porque con que sólo uno de ellos hubiera anulado su reserva en aquel momento ella podría seguir teniendo su habitación libre de invasores. Su principal anhelo consistía en que cuando despertase por la mañana Gabriel no estuviese allí, invadiendo sus dominios. Le asqueaba tener que cargar con él a cuestas durante todo un mes.

La cama plegable era un martirio. Cruzó las

manos bajo la nuca y se quedó mirando el techo. En el fondo sabía que estaba exagerando un poco; aquel año no había sido positivo en casi ningún aspecto y ella misma notaba que saltaba con facilidad por cosas que antes apenas la habrían molestado. El verano era su estación preferida pero aquel año no pintaba nada bien. Y no, se dijo antes de quedarse dormida, no estaba exagerando: la habían echado de su habitación; ésa era razón más que suficiente para sentirse como se sentía.

II

1348

El joven Íñigo, rodeado por la luz ocre y tenue de un candil colocado sobre la mesa, comenzó a leer la bitácora del capitán del navío mientras fuera arreciaba la lluvia y el viento golpeteaba los postigos de las ventanas.

El principio versaba sobre la partida del puerto de Cartagena y los primeros días de navegación; no había nada en el texto que llamase la atención, de no ser por la vaga esperanza de que en él se hallase alguna explicación a la misteriosa ausencia de la tripulación.

Fue tras la descripción del momento en que cruzaron el estrecho de Gibraltar, cuando la profusión de datos técnicos dio paso a una narración salpicada de creciente intriga.

Ha desaparecido un hombre. La mar está rabiosa y el viento sopla en nuestra contra, aunque el cielo ha permanecido todo el día despejado. Pese a eso, no creo que haya caído accidentalmente, pero tampoco se me ocurre otra posibilidad. He interrogado al resto de la tripulación y, al no obtener nada en claro, les he ordenado que se mantengan vigilantes.

Desde ese punto del cuaderno, las anotaciones se tornaban más breves y apresuradas. Dejaban traslucir el estado de ánimo del capitán, notablemente más inquieto cada vez que escribía. Los motivos de ese nerviosismo no eran otros que la sucesiva e incomprensible desaparición de nuevos miembros de su tripulación, y unos episodios para los que el capitán no encontraba explicación posible.

Por segundo día consecutivo he perdido a un marinero y no sé cómo. He decidido que no nos distanciemos en exceso de la costa. Bordearemos el Reino de Portugal hacia el norte, pero si es menester buscaré refugio en el puerto más cercano.

Parece algún tipo de burla cuyo sentido no alcanzo

a entender. Desobedeciendo las instrucciones que recibí, hoy he abierto por primera vez el arcón con la extraña mercancía que transportamos. No sé qué esperaba encontrar... Me ordenaron no abrirlo bajo ningún concepto; todo lo que tenía que hacer era llevarlo lo más al norte que me fuera posible y deshacerme de él arrojándolo por la borda; no se me dijo el porqué ni yo lo pregunté, pues la paga acordada era más que razonable. Pero tras lo sucedido no he podido resistirme. La curiosidad y, por encima de todo, la búsqueda de una posible explicación, me han hecho desoír las órdenes. No es más que un manuscrito encuadernado con dos placas de madera forradas de piel a modo de tapas, un simple manuscrito en el fondo de un arcón. Pero al cogerlo su peso me ha sorprendido, es excesivo. No puedo leer su contenido, pues está escrito en una lengua que desconozco, pero la tinta utilizada es inusual. Si es que es tinta, porque más bien parece sangre.

El joven Íñigo levantó la mirada hacia la ventana. Diluviaba. Se frotó los ojos y contempló el otro libro que había rescatado del navío; era sin duda el mismo cuya descripción acababa de leer. Cuando le echó un primer vistazo, antes de decidir concentrarse en la lectura del cuaderno de bitácora, también a él le había extrañado el color de la tinta y también él se había preguntado durante un momento si podría tratarse de sangre, pero prefirió pensar que debía de ser algún otro tipo de sustancia que con el paso de los años se había descolorido y había adquirido aquel curioso tono rojizo.

Algo inquieto, retornó al texto del capitán.

Por dos veces ha ocurrido lo mismo: he entrado en mi camarote para encontrar el libro abierto sobre mi mesa aunque estoy plenamente seguro de haberlo dejado cerrado en ambas ocasiones.

De nuevo la mirada de Íñigo buscó involuntariamente el misterioso volumen. Estaba cerrado.

Falta un tercer hombre. La mar está brava y no es aconsejable acercarse a una costa hostil que no conozco. Sin embargo, si la situación sigue empeorando, asumiré el riesgo. Por ahora, prefiero aguardar a que amanezca...

La noche ha resultado ser interminable. La tempestad ha arreciado y han sido necesarios todos nuestros esfuerzos para controlar la nave, pero han sido otros los acontecimientos que más me han perturbado.

Una de las veces que entré en mi camarote, la luz que portaba conmigo hizo que las sombras se movieran agitadas..., pero juro que entre ellas distinguí una silueta que retrocedía hacia un rincón. En ella, en aquella silueta, había algo de forma humana, pero también de bestia. Tardé sólo un par de segundos en recuperarme de la sorpresa y reunir el valor necesario para alumbrar el rincón, pero al hacerlo ya no había nada allí.

El libro estaba abierto sobre mi mesa. Y sé que lo había dejado cerrado. Avancé hasta él y lo cerré de un manotazo.

Toda clase de pensamientos invaden mi cabeza. No consigo siquiera imaginar qué puede significar este extraño manuscrito, qué importancia puede tener o cuál es la historia que se cuenta en sus misteriosas páginas de piel de cordero; pero alguna razón de peso debe de existir para que sus antiguos dueños quieran hacerlo llegar al fondo del océano. La inquietud se ha apoderado de mí. Los tres hombres que he perdido eran expertos marineros; su desaparición no es fácilmente explicable. Como tampoco lo es lo ocurrido en mi camarote.

Tras amainar la tormenta, la tripulación se ha reuni-

do para pedirme que virásemos hacia la costa y que nos deshiciéramos de la carga de inmediato. Reconozco aquí que en algún momento yo he pensado exactamente lo mismo, pero me he negado. Con la luz del día y el mar más calmado los sucesos de la noche me resultan distantes e improbables. Estoy convencido de que mis ojos me engañaron a causa del agotamiento y la tensión del momento.

Aquélla era la última anotación del cuaderno de bitácora.

Algo más había sucedido, sin duda, a bordo del navío a lo largo de las horas siguientes; algo que Íñigo no acertaba a imaginar, pero que había provocado que la tripulación entera y el propio capitán abandonasen la embarcación a su suerte. Qué había sido de ellos era algo que el joven muchacho no creía que llegase a descubrir nunca.

III

2008

Los padres de Gabriel se marcharon muy temprano para evitar cualquier imprevisto y llegar con tiempo de sobra a Madrid.

Antes de subirse al coche, el padre del muchacho le habló en un aparte.

—Ya sé que preferirías no estar aquí, que querrías estar con tus amigos a tu aire y todo eso, pero sabes que no era posible. No íbamos a dejarte solo en casa.

—Podríais haberlo hecho. Sé cuidarme.

—No digas tonterías, tienes quince años. Estás aquí, y si abres los ojos y miras a tu alrededor verás que esto es un paraíso. Así que deja de poner esa cara de cordero degollado. Cambia el ánimo y diviértete. Laura es una gran chica.

—No nos parecemos en nada. Es un bicho raro.

Su padre sacó a relucir su dedo índice:

—Gabriel, cambia esa actitud: puede que el bicho raro lo seas tú. —Para suavizar sus palabras le dio a su hijo un beso en la frente—. Demuéstrame que esos dos suspensos han sido un accidente y que eres un tío inteligente.

Cuando el coche se perdió de vista, Ángela lo rodeó con el brazo.

—Todo lo que necesites, me lo pides. Estás en tu casa, ¿vale?

La población más próxima al hotel estaba a unos dos kilómetros, una aldea desparramada por la ladera de una montaña, apenas medio centenar de casas. Al verla, Gabriel sintió que sus temores se confirmaban: aquello era el mismísimo fin del mundo para alguien acostumbrado a la ciudad como él. Un poco más lejos, había otras dos aldeas de características similares.

Laura adivinó el significado de su expresión de desagrado.

—¿Prefieres el ruido del tráfico y el aire contaminado?

—Prefiero un cine, un teatro, un local donde ensayar con mis amigos. Hemos montado un grupo, ¿sabes? Hacemos *rock*, yo toco la guitarra... —Se dio cuenta de que Laura no parecía interesada y dejó el tema—. No digo que esto no sea bonito, pero a mí no me va.

—Te van los bocinazos, las carreras, los autobuses atestados de gente, los semáforos.

—Y a ti los malditos grillos que no se callan y las moscas que no paran de incordiar, no te fastidia.

—Estamos en plena naturaleza.

—Yo prefiero estar en plena ciudad.

Laura se aguantó las ganas de iniciar una discusión el primer día.

—Nosotros vivimos en Santander durante el invierno, así que con eso ya tengo ración suficiente de ciudad. Me paso todo el curso deseando venir aquí.

El otro hizo un gesto vago, como si no pudiese entender semejante deseo.

—¿No echas de menos a tus amigos aquí? Vale que te atraiga esto, tú sabrás, sobre gustos... Pero seguro que ellos se lo están pasando genial en Santander.

—Y yo me lo paso estupendamente aquí. Mis amigas siempre vienen unos días a visitarme, y yo puedo escaparme algún fin de semana. Pero Santander en verano está demasiado lleno de turistas para mí.

—Mejor me lo pones.

Laura puso los ojos en blanco por un momento sin que Gabriel se diese cuenta.

—Mira —dijo para cambiar la dirección de la conversación—, ¿ves aquel pico? Justo detrás está el mar.

Aquello lo cogió por sorpresa.

—¿En serio? ¿Tan cerca?

—¿A que parece imposible? El desnivel es brutal, no hay más de quince kilómetros hasta la playa.

A Gabriel se le iluminó el rostro ligeramente. Si había playa, bien podría haber también gente, algún que otro local de ocio, un bar, un cine; algo que hacer, en definitiva. Pero Laura pareció adivinar sus pensamientos y en seguida resquebrajó sus ilusiones.

—Son calas agrestes, casi vírgenes. Es difícil acceder a ellas, por eso no suele ir nadie.

—Pues vaya.

En aquella primera jornada vieron el lago («El agua está fría, aunque sea julio —le dijo Laura—, piensa que en invierno hay momentos en los que llega a estar helado»), un desfiladero en el que un grupo de huéspedes del hotel Entresierras practicaba *rapel,* montañas y valles hasta perder la cuenta, algún caserío aislado en lo alto de peñascos aparentemente inaccesibles daba la impresión de que sus habitantes rehuyesen a cualquier posible vecino...

—Y eso de ahí es la Caldera.

Gabriel miró lo que su compañera le señalaba: una hondonada profunda con forma casi circular, cuyo fondo estaba ocupado por un espeso bosque de hayas y encinas. Desde donde ellos estaban lo veían desde arriba, de modo que el bosque parecía una alfombra extendida a sus pies. Echándole imaginación, sí tenía cierto aspecto de caldera, o incluso de pozo, aunque su diámetro era de varios kilómetros.

—¿Ése es el bosque al que se supone que no podemos...?

—Tiene mala fama. Por aquí se cuentan muchas historias, cuentos de viejas y leyendas. Creo que no hay otro lugar con más leyendas que éste. Pero la verdad es que la gente evita la Caldera; sólo se acercan los forasteros, los que no son de la región y no conocen lo que se dice.

Gabriel pensó que todo aquello sonaba a auténtica tontería.

—¿Me vas a decir que tú te crees esas cosas? —le preguntó a su guía.

Laura se encogió de hombros y no respondió.

—Es hora de volver.

Antes de darse la vuelta y seguirla, Gabriel echó un vistazo más a la base de la Caldera. Los árboles eran tan frondosos que sus copas parecían unirse en una sola; el bosque era una masa uniforme, impenetrable.

IV

2008

No sería hasta tres días después cuando Gabriel oyó mencionar de nuevo el nombre de Horace Kenton. Para entonces había conseguido hacerse a la idea de que aquel mes tendría que pasarlo en el hotel y de que no valía la pena estar a todas horas de mal humor. Continuaba sin gustarle tanta naturaleza a su alrededor, pero al menos su enfado inicial se había ido suavizando. Los amigos de sus padres eran estupendos (con razón ambos matrimonios se habían esforzado por mantener la amistad intacta a pesar de los años y la distancia), y había decidido colaborar en las tareas del hotel casi como si fuera un empleado más aunque no se lo hubieran pedido; era también un modo de que el tiempo transcurriese más rápidamente y, por otro lado, de no aburrirse. Además, fue encontrándole cierto placer al ajetreo sin freno de huéspedes que llegaban y se marchaban, a aquel constante goteo de caras nuevas, sonrientes y felices.

—No, si al final me pedirás que te contrate hasta que comience el curso —bromeó Ernesto.

Gabriel estaba en la pequeña salita que hacía las veces de recepción observando a un numeroso grupo de franceses que acababa de aparecer (entre ellos había dos muchachas rubias con ojos verdes que habían cautivado su atención).

—Esto tiene sus cosas buenas, después de todo.

Ernesto lo palmeó en el hombro.

—Creo que no voy a contratarte, ¿sabes? Mis empleados tienen terminantemente prohibido «confraternizar» con los huéspedes.

—Entonces yo sí que puedo confraternizar, ¿no?

—Puedes intentarlo, otra cosa es que lo consigas.

—¿Apostamos?

—No, las apuestas también están prohibidas.

Ernesto se dirigió a la cocina con una sonrisa dejando al chico embobado en sus ensoñaciones.

Fue por la noche cuando salió a relucir el nombre del muerto. Habitualmente, en el bar-restaurante del hotel Entresierras se reunía buena parte de los parroquianos de las aldeas cercanas para celebrar partidas inacabables de naipes o dominó que se aliñaban con charlas que solían girar en torno a los eternos problemas y dificultades de la vida en el campo (que, sin embargo, ninguno de los presentes cambiaría por nada). Era otro de los encantos del hotel: el restaurante se erigía en punto de encuentro entre turistas y lugareños. Esa noche, en el acogedor ambiente del amplio salón de suelo y paredes de madera, con la chimenea encendida y entre las nubecillas de humo de varios cigarros, la conversación tomó otros derroteros.

—Lo he vuelto a ver —dijo el viejo Melquiades. Era un hombre de poca estatura, pero corpulento; su escaso pelo, blanco como el algodón, solía levantársele en la coronilla, de forma que le daba una apariencia a medio camino entre lo cómico y lo inquietante. Acababa de entrar y había pedido una copa de coñac, con ella en la mano se acercó a la mesa donde cuatro de sus paisanos se concentraban en una partida de cartas.

Laura y Gabriel ocupaban la mesa de al lado, donde daban cuenta de su cena, y había una tercera mesa ocupada por unos huéspedes del hotel que preparaban su plan de actividades para el día siguiente.

—¿A quién, Melquiades? —quiso saber uno de los parroquianos.

—Al muerto, a Horace Kenton.

Sobrevino un silencio repentino y todas las miradas confluyeron en el viejo Melquiades. Su voz sonaba tan rasgada que al oírla Gabriel pensó automáticamente en un trozo de piedra pómez.

—Llevé a mi *Holgazán* a pasear hacia el pico de los Buitres —prosiguió—, pero el condenado perro echó a correr monte abajo ladrando sin obedecer a mis gritos.

—Nunca has logrado que ese chucho te haga caso —dijo con tono burlón otro de los jugadores.

Melquiades lo ignoró.

—Me fui tras él, qué remedio, y lo vi enfilar hacia el bosque. Pero al llegar se paró en seco y dejó de ladrar; es más, se puso como a gimotear. Cuando lo alcancé noté que tenía todo el pelo erizado y que temblaba asustado; miré hacia los árboles y allí estaba el muerto.

—Sería una sombra o cualquier otra cosa que habrás confundido con una persona.

—Sé lo que he visto, Evaristo, no me salgas con ésas. Juro por lo más sagrado que esta tarde he visto a Horace Kenton.

—Yo nunca me lo he encontrado, y hasta que no lo haga...

Melquiades apuró su copa.

—Yo sólo os cuento lo que ha pasado. No me creáis si no queréis. *Holgazán* todavía tiene el rabo entre las piernas, no lo he traído conmigo porque se ha negado a salir de casa.

—A ese perro tuyo le va el nombre que ni pintado. Nunca lo sacas de casa si no es a rastras.

El viejo pareció enfurecerse ante aquel comentario y abandonó el local. Gabriel y Laura lo siguieron con la mirada, al igual que el grupo de huéspedes que había asistido a la escena. Uno de ellos preguntó en voz alta:

—¿Qué era eso?, ¿de qué hablaba ese hombre?

Ernesto, que estaba en la barra, dirigió una sonrisa cómplice hacia los cuatro parroquianos.

—El pobre Melquiades está un poco... —terminó la frase con el típico gesto de hacer círculos con el dedo índice cerca de la sien—, ya me entendéis. No le prestéis atención, lleva demasiados años solo, con su perro como única compañía. No sabemos quién está más cuerdo, si el dueño o el animal. Aunque es verdad que en estas montañas siempre han existido leyendas de brujería y espectros que habitan los bosques o el fondo de los lagos.

Aquel tipo de historias podían resultar atractivas para el turismo, y Ernesto no estaba dispuesto a permitir que se desechasen así como así; el negocio estaba por encima de todo.

—¿Y ese nombre que ha dicho, Horace...?

En aquel momento intervino otro de los lugareños, Zacarías, sin apartar la mirada de los naipes que sostenía en la mano izquierda:

—Horace Kenton, el inglés. Ese hombre estuvo por aquí hace unos años, pero lo que ocurrió es que se fue a su país sin despedirse. No murió aquí, así que su fantasma no está en el bosque.

—Pero ¿hay un fantasma...? —inquirió otro de los huéspedes, ávido de algún misterio con el que deleitarse.

Hubo un intercambio de miradas entre Ernesto y los otros lugareños.

—En los fantasmas solamente creen los que

han visto alguno —contestó el mismo que acababa de hablar—. Ése no es mi caso.

—Sin embargo... —dijo Ernesto adelantándose y alzando la mano a modo de advertencia—. Sin embargo, amigos, voy a daros un consejo: no os acerquéis a los límites del bosque, no traspaséis el umbral de sus primeros árboles, porque se cerrarán inexorablemente a vuestras espaldas para que jamás volváis a ver la luz del sol. No escuchéis la voz de vuestra curiosidad y contentaos con contemplarlo desde lejos.

Alguien dejó escapar una risita que Ernesto se apresuró a acallar con su voz. Aunque su propia sonrisa desdecía la solemnidad de sus palabras, los huéspedes y Gabriel lo escucharon con atención.

—Al anochecer el bosque pierde su inocencia paradisíaca. Residen en él criaturas muy hermosas, es cierto: flores silvestres que sólo crecen en lo más hondo de la espesura, lejos de cualquier mirada humana; animalillos diminutos que construyen su hogar en el suelo húmedo; pájaros de colores preciosos que anidan en las ramas de árboles tan altos que rozan el cielo con sus copas. Pero también..., ¡ay! También hay seres extraños y horrendos que suelen huir de la luz y han hecho del bosque su reino privado; un reino tenebroso en el que nadie debería entrar. Esas criaturas siempre acechan con ojos vigilantes, esperando, deseando que algún viajero incauto pierda el rumbo y caiga en sus redes. Si así sucede nunca más se sabrá de él. Quizá eso mismo fue lo que sucedió con Horace Kenton. Si entráis en el bosque tal vez os encontréis con su espectro, si es que realmente está allí como afirma el viejo Melquiades, o con las almas perdidas de los monjes de Peña Dorada o... quién sabe, quién sabe con qué otras criaturas. Tened cuidado, amigos, tened cuidado. No vaya a ser que os perdáis para siempre en el bosque y no podáis pagarme la cuenta.

Los huéspedes rieron la broma y Laura sonrió al ver a su padre regresar a la barra satisfecho. No era la primera vez, ni sería la última tampoco, que le escuchaba aquel discurso.

Algo más tarde, cuando llegó la hora de irse a dormir y Laura y Gabriel se encaminaron a sus habitaciones, éste intentó sonsacarle algo a la joven:

—Todo eso del fantasma, ¿a quién se le ocurrió como publicidad para atraer visitantes a la zona?

Laura se rió por lo bajo.

—¿Te parece a ti que Melquiades puede tener la más remota idea de lo que es una estrategia de marketing?

—Ya, ¿y qué quieres, que me crea que es verdad que hay un fantasma vagando por ahí?

—Como ha dicho Zacarías, en ese tipo de cosas sólo pueden creer los que las han visto.

—Ahora me dirás que tú has visto al inglés.

—No, no te lo voy a decir. Y déjame ya, que yo madrugo, no estoy de vacaciones como tú.

En la penumbra del pasillo, Gabriel observó cómo Laura le daba la espalda y se dirigía hacia el cuarto de sus padres. «¡Vaya un bicho raro!», pensó. Por mucho que aquellas historias le sonasen a cuentos de miedo para niños, le habían entrado unas ganas irresistibles de acercarse al bosque de la Caldera.

V

2008

Por las tardes, tres veces por semana, Laura daba clases particulares de francés a Sara, una niña que pasaba el verano en la aldea vecina. Esos ratos sin su anfitriona, Gabriel los aprovechaba para estudiar las dos asignaturas que le habían quedado pendientes para septiembre. Se sumergía en ecuaciones de segundo grado, en logaritmos neperianos, en la Revolución de Octubre, en la pérdida de Cuba y las demás colonias... Resultaba fácil arrepentirse de no haber dado el do de pecho en los exámenes de junio, sobre todo cuando llegó la hora de memorizar todas las turbulencias políticas de los años veinte y treinta.

Pasó la primera semana, y en los ratos libres practicaron *rafting* y *rapel* y se bañaron en el lago; poco a poco Gabriel fue cogiéndole el gusto a la naturaleza desbordante de los alrededores. El hotel Entresierras no le parecía ya tan mal sitio para estar, especialmente por las mañanas, cuando al entrar en la cocina descubría el aire de la estancia impregnado del olor a tostadas recién hechas y sobre la mesa le esperaba una fuente con rebanadas de pan caliente, mantequilla y mermelada. Casi siempre había también un bizcocho que Ernesto había preparado a primerísima hora, cuando los demás aún dormían.

Una tarde, cuando volvían al hotel después de darse un baño en el lago, vieron la silueta de Melquiades ascendiendo por la ladera.

—¿Adónde irá a estas horas el viejo cazafantasmas?

—A su casa, supongo.

Gabriel miró extrañado en la dirección que el hombre había tomado. Todavía le costaba orientarse en las montañas, pero estaba convencido de que ninguna de las aldeas estaba por allí. Laura le leyó el pensamiento:

—Es un ermitaño, vive solo en una casona allí arriba.

—Con razón se le ha ido la cabeza.

—No te burles.

Gabriel inspeccionó de reojo a Laura con una sonrisa.

—Va a resultar que tú te crees esa historieta del inglés.

—Yo ni me la creo ni me la dejo de creer, pero he estado varias veces en el bosque y es verdad que es... un lugar extraño.

El muchacho resopló un poco harto de aquello. Le daba la impresión de que entre todos estaban intentando tomarle el pelo.

—Acércate y compruébalo tú mismo —lo retó Laura—. ¿No estás tan seguro de que es mentira? Ve al bosque y compruébalo.

Gabriel se detuvo y la enfrentó con determinación.

—¿Te crees que me voy a asustar o qué? Claro que iré.

—Bien, pero antes deberías oír la historia de Horace Kenton. Para ponerte en situación.

—Vale, cuéntamela.

—No, yo no.

—Entonces, ¿quién?

—Podría contártela mi padre, pero el que mejor puede hacerlo, y en primera persona, es «tu amigo» Melquiades.

Un riachuelo sin nombre pasaba por las cercanías del hotel Entresierras, zigzagueaba entre las colinas y se detenía en un valle para abrirse en un plácido estanque al que antiguamente las mujeres acudían a lavar la ropa y donde los jóvenes esperaban con anhelo el anochecer para bañarse desnudos. En una de las orillas del estanque, la más alejada llegando desde el hotel, nacía un camino de tierra que comenzaba a ascender conforme el terreno se iba inclinando, y se interrumpía bruscamente, sin ninguna señalización. «El camino a ninguna parte», pensó Gabriel al llegar allí.

La casa de Melquiades estaba situada al borde de un peñasco que sobresalía unos veinte metros con respecto a la ladera del monte y, si alguna vez había existido una senda que llevase hasta allí, la maleza la había tapado tiempo atrás.

En la lejanía, era una mancha blanca en medio de la inmensidad de hayas, robles, encinas y matojos y, a medida que los muchachos se aproximaban, iba trocándose en una caseta medio en ruinas, con varios trozos de pared derruidos e invadida por la vegetación sin que nadie lo impidiese. Desde fuera el lugar no tenía aspecto de estar habitado.

A pesar de la seguridad de Laura, Gabriel comenzaba a dudar de que aquél fuera el lugar correcto; un chasquido, como el de una rama al romperse, borró de pronto sus titubeos. El ruido se había producido detrás de ellos, pero, antes de que pudieran darse la vuelta, una voz herrumbrosa les salió al paso diciendo:

—No sé qué buscáis, ni me importa. Estáis en mi propiedad y yo no os he dado permiso para entrar.

Fue, sin embargo, el cañón de la escopeta que empuñaba el dueño de aquella voz oxidada, que apuntaba a una zona imprecisa entre el pecho y el vientre de Laura, lo que los convenció de permanecer inmóviles. Apenas vieron al hombre; los ojos de ambos estaban clavados en el arma; era como si el resto del entorno se hubiese desvanecido. Al principio tampoco vieron al pequeño perro que lo acompañaba y que secundaba las advertencias de su amo con fieros gruñidos.

Por fin Laura controló sus nervios al comprender que el que los amenazaba era Melquiades. No obstante, él no apartó la escopeta; arrugaba el entrecejo para aguzar la vista, y examinaba el aspecto de los intrusos a través de la bruma perennemente instalada en sus ojos:

—¿De qué te conozco? —quiso saber.

—Soy... —tartamudeó Laura viendo que al viejo le temblaba el pulso y que el arma oscilaba arriba y abajo; en aquel momento apuntaba hacia la boca de su estómago— ...soy Laura, la hija de Ernesto, del hotel.

Melquiades entornó los ojos para escudriñar su rostro. Bajó entonces los brazos, aunque todavía mantuvo la distancia.

—Has crecido mucho —dijo, como si no la hubiera visto desde hacía varios años.

Se acercó y le tendió una mano que la muchacha estrechó con alivio. Los dos chicos sonrieron, ya más tranquilos.

—¿A qué has venido?

—Éste es mi amigo Gabriel.

—¿Qué hay, muchachote?

—Buenas tardes.

—Mi padre me ha dicho que le trajera este bizcocho —continuó Laura mientras le mostraba el paquete envuelto en papel de aluminio que llevaba consigo—. Dice que es su preferido.

Ernesto había añadido también que Melquiades solía olvidarse de pagar cuando se zampaba una porción de bizcocho, pero que era una buena persona, aunque a los demás lugareños no les agradara demasiado su compañía.

El viejo ermitaño miró el paquete y sintió que se le hacía la boca agua. Alargó la mano impaciente.

—¿Sólo por eso habéis subido hasta aquí?

—No, en realidad hay otra cosa. Queríamos pedirle un favor, si a usted no le importa.

Melquiades arqueó las cejas entre sorprendido y confuso.

—¿Un favor? ¿De qué se trata?

—Gabriel tiene curiosidad por la historia de Horace Kenton y pensé que podría ayudarme a contársela. Usted es el que mejor la conoce.

El viejo miró entonces a Gabriel, y lo hizo sentir incómodo.

—Conque curiosidad, ¿eh?

Por toda luz, el interior de la casa sólo contaba con un quinqué. Habían tomado asiento en unas sillas de mimbre alrededor de una mesa y el quinqué, colocado en el centro, alumbraba sus caras y proyectaba sombras fantasmagóricas hacia las paredes.

Ante Gabriel y Laura se abría un espectáculo surrealista, cómico y al tiempo terrorífico. El perro, que en cuanto había percibido cómo su dueño se relajaba había parado de gruñir y había comenzado a mover alegremente el rabo, se había sentado en el borde del círculo de claridad para contemplar la escena atentamente. Eso, habitual en la mayoría de los perros domésticos, no era lo que llamaba la atención de él; había una característica peculiar en el animal, algo que le aportaba un toque de irrealidad y que indudablemente se acentuaba en la atmósfera que los envolvía: había perdido una de sus patas delanteras y, en su lugar, Melquiades le había atado al muñón un palo de madera con el que, pese a todo, se movía con soltura e incluso era capaz de correr. Se sentaba sobre sus patas traseras y mantenía erguidas las dos delanteras, la una natural, de carne y hueso, y la otra artificial; esta última no parecía causarle ninguna molestia pero le daba un aspecto extremadamente sobrecogedor. Iba moviendo los ojillos, botones negros camuflados tras matas de pelo sucio, de manera que su mirada saltaba de uno a otro; se detenía en los dos muchachos para indicarles que los vigilaba y que aún no se fiaba del todo; después miraba a su amo, tal vez esperando una orden o, más probablemente, un trozo de carne con el que calmar el hambre.

Su dueño era un hombre envejecido y sobrepasado por los años hasta el punto de que a Gabriel le resultaba del todo imposible adjudicarle una edad determinada. A pesar de ello, se desplazaba ágil y fácilmente por la estancia, sin dar muestras de fragilidad o debilidad alguna. La vida de las montañas lo había endurecido. Había destapado una botella de vino y, sin preguntar, sirvió un vaso para cada uno. La escopeta descansaba apoyada contra la pared y, ahora que no la tenía en las manos, el viejo parecía menos fiero, menos amenazador, más simpático, aunque todavía reservado y serio, poco confiado por el momento.

Durante el tiempo que estuvieron allí, rellenó

los vasos sin pausa y, cada vez que intentaban indicarle que para ellos ya era bastante, les hacía un guiño (lo que acarreaba una total transfiguración de su cara) y los observaba de soslayo hasta que trasegaban el vino.

—Así que buscáis al bueno de Horace.

—Sí.

—¿Por qué?

Los miró de hito en hito, con absoluta extrañeza, como si examinase a dos insectos con un microscopio.

—Es una buena historia —se limitó a responder Laura.

—Queremos saber qué hay de verdad en lo del fantasma.

Melquiades volvió a mirarlos como antes:

—¿Por qué pensáis que yo puedo saber algo sobre ese tema?

—Usted era su amigo, ¿no es cierto?

El perro se había acercado al viejo y éste le acariciaba lentamente la cabeza, con la vista puesta en él y no en los muchachos.

—Horace está muerto, es cosa del pasado.

—Pero usted dijo que lo había visto. Y los otros

dicen que no está muerto, sino que debió de marcharse de vuelta a Inglaterra.

Melquiades dio otro trago y se pasó la lengua por los labios con parsimonia.

—A veces el pasado no se va del todo, a veces el tiempo se confunde.

Los dos chicos intercambiaron una mirada fugaz y el hombre asintió en silencio, como si aprobase sus propias palabras, sin dejar de rascar al animal detrás de las orejas. Los escudriñó sopesando si debía o no compartir con ellos sus secretos y, después de meditar unos instantes, respondió:

—Horace Kenton vino aquí hará veintitantos años y se quedó para siempre. Estoy seguro de eso.

—Pero Zacarías dice que se fue de regreso a su país.

Melquiades realizó un gesto extraño al que resultaba imposible asignarle un significado.

—Yo no lo creo. Se quedó aquí.

—Perdone, pero no lo entiendo —intervino Gabriel—. ¿Quién era Horace Kenton?

El viejo tardó unos segundos en contestar.

—Un hombre muy extraño..., de eso no hay duda.

Holgazán salió de pronto a ladrarle enloquecido a algún pájaro que había aleteado en una de las ventanas y eso creó una pausa momentánea en la conversación. Cuando Melquiades la retomó, Horace Kenton cobró vida en la imaginación de los dos muchachos:

—Era un hombre de estudios, toda una enciclopedia. Vino aquí buscando algo que nunca me explicó, algo que, según él, estaba en estas montañas desde hacía muchísimos años. Una reliquia o algo así. La primera vez que lo vi pensé que era un extranjero loco; bueno, y tenía que serlo, ¿no? Sí, yo creo que estaba un poco loco. Por suerte, hablaba muy bien español, con un acento gracioso, pero con un vocabulario que ya habría querido yo para mí. En un par de ocasiones me lo encontré por ahí, vagando por los montes, inspeccionando el terreno, como él decía, y apuntando no sé qué cosas en una libreta que siempre llevaba encima. Pero era incapaz de dar con el camino de vuelta a la aldea. Era un buen hombre, un tipo simpático; me pidió que le hiciese de guía para no volver a perderse.

Yo conozco estas montañas mejor que nadie, y el dinero que me ofreció no era poco; a los extranjeros parece que siempre les sobra el dinero, ¿eh?

»Por entonces no había hotel, claro. Horace apareció un día y fue preguntando por ahí hasta encontrar a alguien que quiso alquilarle una habitación. Todos los de la aldea estaban sorprendidos; no era común ver ingleses. No por aquí. En las playas puede ser, pero no aquí. ¿Qué pintaba un inglés aquí en las montañas? Pero, bueno, lo cierto es que a Horace tampoco se le veía mucho: salía con el amanecer y se pasaba los días enteros solo; más de una vez lo sorprendí observando las aves y cualquier bichejo que se moviese delante de sus narices. Dibujaba muy bien, un día me enseñó lo que tenía en la libreta; cada vez que encontraba algún insecto lo copiaba allí con todo detalle y apuntaba su nombre científico en latín.

Gabriel comenzó a impacientarse. Le parecía que Melquiades se estaba yendo por las ramas. El perro ya había regresado, frustrado su intento de capturar al pájaro, y ahora parecía haber decidido darse un descanso. Se dirigió hacia una caja de cartón situada en un rincón y se acurrucó sobre una manta vieja en su interior. Ya no sentía ningún interés por los acompañantes de su dueño.

—Nos hicimos amigos, o algo parecido —prosiguió Melquiades—. Horace era muy curioso, hacía montones de preguntas, pero con los días también le dio por comenzar a contarme cosas sobre él mismo. Al principio me hablaba de su país, de su ciudad y su familia; luego empezó a hablarme de lo que estaba haciendo aquí.

—¿Y qué era? —quiso saber Gabriel.

Melquiades enarcó las cejas, como si aún recordase su propia sorpresa al escuchar la respuesta de boca del inglés.

—Hacía investigaciones en la abadía de Peña Dorada. Ésa fue la palabra que él utilizó, «investigaciones».

—Un momento, ¿qué abadía? ¿Hay una abadía por la zona? Yo no la he visto.

—Porque ya no existe —dijo Laura.

—Así es. Sólo quedan sus ruinas, el bosque la devoró.

—¿El bosque? —Gabriel miró a Laura y vio que sonreía. Ella le aclaró:

—Sí, el bosque de la Caldera. La abadía estaba

allí hace siglos, pero ahora sólo quedan unas cuantas piedras.

Gabriel seguía sin entender qué tenía que ver todo aquello con las habladurías sobre fantasmas. Se revolvió incómodo en la silla.

Melquiades hizo una nueva pausa, se imaginó otra vez a Horace Kenton contándole a media voz sus pesquisas, compartiendo con él una hogaza de pan y un buen trozo de queso. Los chicos asistían a sus recuerdos en silencio; en parte, no se sentían a gusto siendo testigos de un pasado que no les pertenecía, pero, al mismo tiempo, tampoco querían marcharse y dejar la historia a medias. Gabriel pensó que quizá el inglés había sido el único amigo que Melquiades había tenido a lo largo de todos aquellos años de soledad. A él se le antojaba terrible aquella forma de vida, la sola compañía del perro, mudo y cojo, a buena distancia de cualquier lugar habitado, espantando a los curiosos con una escopeta de perdigones.

—¿Qué tipo de investigaciones?

—No me lo dijo exactamente. Le pregunté, pero no me lo dijo. Le gustaba más hacer preguntas, y preguntaba sobre todo, le atraían las historias de la región, iba por ahí escuchando cualquier leyenda que quisieran contarle. Lo apuntaba todo y más de una vez lo vi subrayando cosas en su cuaderno y hablando solo, en voz alta. Claro que, cuando hablaba solo, lo hacía en inglés y yo no me enteraba de nada.

—¿Y? —preguntó al fin Gabriel, impaciente.

—¿Cómo que «y»?

—Quiero decir, ¿qué pasó después?

El viejo ermitaño contestó encogiéndose de hombros.

—Sólo sé que un día desapareció y nunca más se volvió a saber nada de Horace.

—¿Desapareció así, sin más?

Melquiades hizo un gesto con la mano que representaba algo que se volatilizaba en el aire. Después sonrió irónicamente:

—Los demás dicen que se fue a su país, ya lo sabéis, que decidió irse sin siquiera despedirse. Pero aquella noche yo oí cómo gritaba, un grito inhumano. Fui a buscarlo, pensé que se habría caído y que se habría hecho daño, pero no lo encontré. Bajé a pedir ayuda a los demás, pero tampoco así dimos con él. Todos insistieron en que se había marchado. ¿Por qué no se llevó sus cosas?

—¿Las dejó aquí?

—Lo poco que había traído consigo el día que se presentó.

—Tal vez, si de verdad encontró lo que buscaba, tuvo alguna razón por la que marcharse de esa forma —sugirió Gabriel tras una breve pausa—. Puede que en la abadía hubiera algo que valía una fortuna y no quiso arriesgarse a ir diciendo por ahí que lo había encontrado.

—Es posible —pareció aceptar Melquiades como si de pronto quisiera quitarle importancia a toda la historia—. Pero ¿por qué entonces he seguido viendo de vez en cuando su fantasma por el bosque? Si halló lo que buscaba, ¿por qué continúa aquí?

Gabriel giró la cabeza para mirar a Laura.

—¿Qué quiere decir con que lo ve? —preguntó.

Melquiades añadió otro interrogante:

—¿Por qué, si Horace regresó a Inglaterra, vinieron a buscarlo sus familiares diciendo que habían perdido el contacto con él?

Ahora fue Laura quien miró a Gabriel, quería observar su reacción ante lo que estaban escuchando.

La tarde había ido cayendo sin prisa, empujada suavemente por un viento casi sin fuerza ni voluntad. Melquiades se dio cuenta de ello y se levantó:

—Se hace tarde —dijo en un tono que no admitía posibilidad de réplica—. Debéis iros o con la oscuridad no encontraréis el camino.

—¿Cómo termina la historia?

—Ya está terminada.

—¿No hay nada más?

—Horace Kenton continúa en el bosque. Ésa es la historia. Algo le sucedió la noche que lo oí gritar y se quedó allí, prisionero.

Melquiades salió y los dos chicos se resignaron a seguirlo. El viejo miró en dirección a la Caldera, aunque desde allí no era visible.

—Suele decirse que en los fantasmas únicamente creen los ingenuos y los que los han visto de verdad. Vosotros no parecéis unos ingenuos, así que sólo creeréis si os encontráis con él como me ha ocurrido a mí. Yo a vuestra edad tampoco hacía caso de las historias que contaban los viejos. Venga, se hace de noche, largaos.

No les quedó más remedio que obedecer; el ermitaño se cerró en banda, se negó a decir nada más.

Los dos muchachos iniciaron el descenso y el perro se les unió para acompañarlos un trecho del trayecto, hasta que su dueño silbó llamándolo; en ese momento Laura y Gabriel miraron hacia arriba y vieron su figura empequeñecida por la distancia, agitando la mano.

No quedarían más de quince o veinte minutos antes de que la oscuridad lo cubriese todo. Tenían que darse prisa, así que caminaron lo más rápido que pudieron, campo a través, saltando por encima de los matorrales. Bajaron por la ladera de la montaña y, ya con las tinieblas alcanzándolos llegaron al hotel. Aunque no dijo nada, Gabriel sabía que sólo habían encontrado el camino gracias a Laura; si hubiera dependido de él, habrían acabado extraviados por los montes, igual que Horace Kenton años antes.

Después de cenar, sentado cada uno en un columpio del pequeño parque infantil que Ángela se había empeñado en construir al lado del edificio, con el zumbido ininterrumpido de una chicharra escondida en alguno de los árboles que lo rodeaban penetrando en sus oídos, Laura preguntó:

—¿Qué, te animas a ir al bosque?

—Por supuesto. ¿Creías que esa historia iba a asustarme? No me creo una palabra de lo que ha contado el viejo. Está claro que ese tipo se largó. O bien encontró lo que buscaba y era tan valioso que decidió no volver con su familia y marcharse a pegarse la buena vida, o bien se hartó de buscar y se fue a cualquier otro sitio. Y al vejete se le ha ido la cabeza y ve fantasmas donde sólo hay sombras.

Laura le dedicó un amago de sonrisa. En parte le hacía gracia aquella actitud chulesca de Gabriel.

VI

1367

Habían transcurrido casi veinte años desde que Íñigo tropezase con el misterioso barco abandonado en uno de sus paseos, cuando sus pasos cansados lo llevaron hasta el portalón de una vieja muralla. Para entonces ya no era el muchacho incauto e impresionable que había sido en otro tiempo. Los años no habían pasado en balde y lo habían transformado en un hombre adulto, envejecido para su edad, con el azul de los ojos oscurecido por todo lo que había vivido y presenciado.

Era noche cerrada cuando llegó hasta allí después de haber viajado a pie durante varias semanas evitando en lo posible los lugares habitados excepto cuando no podía retrasar más la necesidad de comer. Había dormido al raso, en rincones apartados. Su aspecto era desolador, estaba muy delgado y débil, tenía el rostro demacrado, los ojos hundidos, el jubón raído y deshilachado. Solamente llevaba consigo una pequeña bolsa de tela, por debajo del jubón, pegada al cuerpo.

Tuvo que golpear el portalón con el puño varias veces hasta que alguien acudió a abrir. Primero, una voz somnolienta preguntó desde el otro lado quién llamaba a aquella hora; luego, al escuchar la respuesta, el portalón se entreabrió y un hombre grueso de baja estatura y cabeza rasurada se asomó con una mezcla de sorpresa e incredulidad reflejada en la expresión de su cara.

—¿Hermano Láinez?

Íñigo reconoció al que fue su compañero durante el noviciado, pero aunque ambos se habían profesado siempre mutuo aprecio, ni siquiera le quedaban ya fuerzas para sonreír. Una vez que había alcanzado su destino, toda la energía lo abandonó y se sintió a punto de desfallecer.

—Me alegro de verte, hermano Lozada. Y me alegro especialmente de que hayas sido tú el primero al que han despertado mis golpes. Sé que me disculparás por no darte explicaciones por el momento. Necesito descansar antes. Necesito que me des cobijo, hermano.

—¿Vienes solo? —preguntó Lozada haciéndose a un lado para dejarlo entrar.

—Sí.

—¿Desde dónde?

—Desde muy lejos. Pero, te lo ruego, concédeme un poco de descanso. Al amanecer hablaré con mi tío y se lo explicaré todo.

Atravesó la muralla y juntos cruzaron el patio hacia el edificio principal de la abadía. La oscuridad no le permitía verlas, pero Íñigo recordaba con nitidez que había otras construcciones a su izquierda, mucho más pequeñas, un cobertizo, un invernadero, las cocinas, talleres y, por último, el más apartado, era el edificio de los establos. A la derecha había una gran extensión de terreno dedicada al cultivo. Allí había pasado sus primeros años en la orden, bajo la tutela de su tío.

Entraron en el bloque más grande por una puerta lateral que llevaba directamente a los dormitorios evitando pasar por la iglesia y, una vez dentro, el hermano Lozada lo guió hasta una celda libre y le dijo que le despertaría al alba.

Cuando despertó, Íñigo permaneció durante unos minutos en la misma posición, hecho un ovillo. Le habría encantado poder dormir uno o dos días enteros, pero sabía que el tiempo se estaba agotando. Aunque se sentía tremendamente cansado, tendría que aguantar unos días más, unas semanas, y entonces podría de verdad reposar.

Todos sus músculos estaban entumecidos, tenía los pies cubiertos de ampollas y además sus párpados se negaban a moverse. Se incorporó con lentitud, aún con los ojos cerrados, y al sentarse hundió el rostro entre las manos. Luego, por fin, los abrió y lo primero que hizo fue examinar su bolsa. Seguía tal como él la había dejado. Todo parecía estar bien. De momento.

No estaba seguro, pero intuía, por los ruidos que le llegaban desde el otro lado de la puerta, que debía de estar próxima la hora de los maitines. Su tío, el abad Fontanela, ya debía de estar al corriente de su presencia allí, así que sería mejor ir a su encuentro y confesarle los motivos de su inesperada aparición.

El abad era un hombre alto, de sesenta y dos años, delgado, de hombros anchos y manos grandes y huesudas. Tenía la cara alargada, la nariz puntiaguda y unos labios finos que incluso cuando reían revelaban la severidad de su carácter. Sus sonrisas eran pocas y breves, y sus ojos negros, situados bajo unas cejas muy pobladas que los oscurecían aún más, hacían que sus miradas fuesen incisivas.

Durante años, su padre le había repetido a Íñigo que era la viva imagen de su tío, pero él nunca había conseguido ver el parecido. Es más, había deseado no verlo, porque de pequeño su tío le daba miedo.

Sin embargo, en aquella ocasión la figura familiar e imponente del abad Fontanela le pareció acogedora. Sintió ganas de abrazarlo, pero se contuvo, consciente de que su tío nunca había sido amigo de ese tipo de gestos.

—Me tienes preocupado, hijo mío. Desde que el hermano Lozada me ha contado tu sorprendente visita, estoy sumido en la inquietud.

—Puedo imaginarlo, padre.

—Dime, ¿qué estás haciendo aquí? ¿Qué te ha hecho venir hasta aquí sin siquiera avisarnos?

Íñigo dudó un instante antes de responder:

—El diablo, padre.

VII

2008

El sol comenzaba a despuntar, luchaba por traspasar y deshacer la tenue neblina, vagamente azulada, que cubría el valle colgada sobre las copas de los árboles. Gabriel caminaba solo, descalzo y vestido con el pijama. Se volvió para mirar hacia atrás y vio a Laura, todavía dormida, acurrucada en su cama; más allá estaba su padre, redactando en su ordenador portátil la crónica de la última prueba de atletismo celebrada en las Olimpiadas. Al mirar de nuevo hacia adelante se encontró a Melquiades, que le señalaba un lugar en el interior del bosque y le decía con una voz que retumbó como si, en lugar de brotar de su boca, cayera desde una gran altura:

—Ahí lo tienes.

Se apartó el flequillo con la mano derecha y atisbó entre los árboles el enclave hacia donde indicaba el ermitaño, pero no pudo ver lo que quería mostrarle. Ya no podía preguntarle, porque Melquiades había desaparecido, igual que su padre y Laura. Avanzó un poco más y entonces ya supo, aún sin llegar a verlo, qué era lo que le esperaba...

—Despierta, dormilón.

—¿Qué? —Necesitó realizar un gran esfuerzo para abrir los ojos, daba la sensación de que algo lo retuviese en el sueño.

Laura había entrado en la habitación y lo zarandeaba sin compasión.

—Hoy llega un nuevo grupo, tres habitaciones dobles y una cuádruple. Tenemos faena.

Sentado ya en el colchón y desvanecida la niebla del sueño, Gabriel bostezó sonoramente. Laura lo miraba con impaciencia.

—Vamos a ver, pero ¿no soy yo un invitado? Parezco más un esclavo.

—Eh, fuiste tú el otro día quien dijo que quería ayudar.

—A ti te dan la mano y te coges hasta el hombro. Te vas a enterar como vengas alguna vez por mi casa, te vas a enterar. Te voy a poner a trabajar como Cenicienta y me encargaré de que no venga ninguna hada madrina a rescatarte.

—Hay que ir rápido —dijo Laura.

La jornada había sido larga, habían limpiado habitaciones que acababan de quedar vacías y las habían preparado para los que estaban a punto de llegar. Entonces, ya no quedaban demasiadas horas de luz y, además, el bosque de la Caldera estaba bastante lejos del hotel.

Se habían llevado una mochila con refrescos y un par de bocadillos por si les entraba hambre, y habían metido también una potente linterna, no fuera a ser que se les hiciera de noche.

Siguieron el cauce de uno de los riachuelos que cruzaba la sierra de extremo a extremo, a veces ancho y poderoso, otras delgado y asustado, quejándose al chocar contra las rocas, girando sobre sí mismo, precipitándose, horadando la piedra sin tregua, estaba cargado de tonos verdes de vegetación salvaje; el agua a ratos corría como perseguida, a ratos permanecía inmóvil, estancada.

Atravesaron desfiladeros subiendo y bajando

con el terreno, cruzaron al otro lado del cauce por medio de un sendero de grandes piedras colocadas en fila, y por fin llegaron a la Caldera y observaron el suelo boscoso que cubría la hondonada.

—Hemos tardado demasiado —se quejó Laura.

—¿Qué dices? —A Gabriel le faltaba el aliento por el ritmo impuesto por ella en la caminata.

—Se nos va a hacer de noche, ya verás.

Desde que habían dejado atrás el lago, el ambiente se había tornado violáceo, como sacado de la imaginación melancólica de un poeta.

—¿Y qué? Tenemos la linterna, ¿no? ¿Tienes miedo o qué?

—No me provoques, que te dejo solo y a ver cómo se las apaña un nene de ciudad para encontrar el camino de vuelta en las montañas. Aquí ha habido incluso viajeros expertos que han perdido el rumbo.

—A mí déjame una navaja suiza y unas pastillas de esas que potabilizan el agua y me sobra.

—Claro, Rambo. Anda, muévete.

Bajaron la pendiente y se internaron en la espesura; de inmediato percibieron que las tinieblas ya se extendían rápidamente allí dentro. Había zonas donde las ramas de los árboles creaban un techo natural que apenas permitía el paso de los rayos de luz, y otras en las que el sol todavía incidía con vehemencia, con ese brillo postrero de astro moribundo que sabe que la noche está muy cerca, acechando.

Al poco de entrar, Gabriel miró hacia atrás y, aunque no quiso reconocerlo, sintió una especie de escalofrío: daba la impresión de que los árboles se habían multiplicado hasta el infinito, de que todo el mundo era bosque.

Laura notó una sensación de inquietud similar a la de su compañero, pero, igual que él, no estaba dispuesta a admitirlo. Ambos rivalizaban por ver quién era más valiente o, al revés, quién era el primero en dar un paso atrás y sugerir una retirada a tiempo. Aunque ninguno de los dos daba mucho crédito a la historia del fantasma del inglés, no podían quitársela de la cabeza. Se sentían como cuando se ve una película de terror: sabían que era simplemente eso, una ficción, y aun así no podían evitar mirar de tanto en tanto por encima del hombro, hacia atrás, para asegurarse de que allí no había nadie.

No debían de haber transcurrido ni veinte minutos cuando comenzaron a notar que el suelo perdía firmeza bajo sus pies y que sus zapatillas se hundían ligeramente. Parecía que hubiera habido una gran tormenta y la tierra estuviese aún muy húmeda. En las zonas de más sombra, incluso se había formado barro. Poco después a Gabriel le llamó la atención algo que percibió entre los árboles a su izquierda. Primero lo vio de reojo y tuvo que girar la cabeza y fijarse bien para borrar la imagen inicial que se había formado en su mente: había creído ver un barco varado, el casco de un buque cubierto de musgo y algas, pero en seguida comprendió que lo que tenía delante eran los restos de una construcción antigua por cuyas paredes de piedra trepaba la hiedra. Aunque no tanto como si realmente se hubiera tratado de un barco, aquel edificio decrépito y ruinoso se le antojaba fuera de lugar allí, en mitad del bosque.

Laura ya miraba en su misma dirección.

—La abadía de Peña Dorada. Eso es todo lo que queda de ella.

Durante unos segundos, Gabriel trató de imaginar cómo habría sido la vida en aquel lugar y sintió un nuevo escalofrío.

—Si quieres entrar ahí —dijo la muchacha señalando las ruinas—, yo te espero aquí.

Gabriel vaciló. Una cosa era internarse en el

bosque y otra tener las agallas de meterse en unas ruinas cuando se estaba haciendo de noche. Sin embargo, no quiso amedrentarse. De haber estado solo, no habría entrado ni por asomo, pero allí, delante de Laura... Ni hablar.

—¿Vienes o te quedas? —preguntó con la voz más firme que logró hacer salir de su garganta.

—¿De verdad vas a colarte ahí?

—Por supuesto.

Al mismo tiempo que Gabriel pronunciaba la última palabra, oyeron un ruido a su derecha, algo similar a un quejido. Se dieron la vuelta hacia allí, pero no vieron más que árboles y supusieron que habría sido algún animal.

—Déjalo, no hace falta que te hagas el valiente para impresionarme.

—¿Quién habla de querer impresionarte? Ahora, si lo que quieres es no quedarte sola aquí fuera, ven conmigo.

Entonces fue el turno de Laura para vacilar.

—¿Qué ha sido eso? —se le escapó a Gabriel, mientras se volvía.

El sonido de antes, aquella especie de quejido, se había repetido.

—Nada.

—¿Cómo que nada?

—El bosque está lleno de ruidos. Habrá sido un animal cualquiera.

Sí, todo eran ruidos a su alrededor, era cierto. Pero aquello había sonado como un lamento humano. En la cabeza de ambos resonó el alarido que Melquiades decía haber escuchado la noche que desapareció Horace Kenton. Sin embargo, aquello no llegaba a ser un grito, sólo era un gemido a media voz.

Casi contra su propia voluntad, Gabriel dio un paso hacia adelante cuando lo que de verdad le apetecía era darlo hacia atrás y alejarse de allí.

SEGUNDA PARTE

LA ABADÍA

I

1367

A pesar de la severidad constante de su carácter, el abad Fontanela adoraba a su sobrino. En gran medida él era el responsable de que Íñigo vistiese los hábitos, y había cuidado de él durante años, hasta que consideró que al joven monje le vendría bien distanciarse de su manto protector y viajar por otras abadías y monasterios de la orden. En aquel momento, teniéndolo de vuelta ante sí, lo asaltó el temor de que algo horrible le hubiera sucedido. Su aspecto era lamentable, parecía más un pordiosero que un religioso, y sus palabras habían sonado como si las hubiera pronunciado un demente.

Con las manos debajo del manteo y sin permitir que ningún sentimiento asomase a su rostro, dijo:

—Explícate.

Íñigo se pasó la lengua por los labios con nerviosismo. Era consciente de que resultaría complicado poner en palabras lo que ocurría. Llevaba muchísimo tiempo pensando en la mejor forma de contarlo y, durante el camino hasta allí, en la soledad de los campos que atravesaba, había intentado ensayarlo hablando en voz alta consigo mismo, pero entonces, a la hora de la verdad, las palabras no acudían a su boca. La abrió un par de veces, pero no llegó a decir nada. Empezó a notar que la paciencia del abad se agotaba.

Finalmente cogió su zurrón y, extendiendo los brazos hacia adelante, se lo mostró.

—Padre, el diablo está aquí dentro.

Tras un momento de duda, producida más por incomprensión que por cualquier atisbo de miedo, el abad recogió la bolsa y miró. Sólo había un libro. Lo sacó y se sorprendió por su exagerado peso.

—No lo abráis.

El abad arqueó sus pobladas cejas. Resultaba evidente que su sobrino estaba asustado y, al parecer, la causa era aquel libro de tapas de madera oscura. En la cubierta había un extraño símbolo trazado a cuchillo. A primera vista parecía la letra

«O», algo achatada por los lados, pero en su interior había otros dos trazos que nacían de la parte superior y giraban en direcciones opuestas.

—¿Este signo...?

—Creo que pretende ser un escarabajo, padre. Visto desde arriba.

Fontanela miró a Íñigo con una ceja aún levantada. Sí, aquello podía ser un escarabajo, pero por lo que a él concernía también podía ser cualquier otra cosa.

—El símbolo de Belcebú, *el Señor de las Moscas.*

—Conozco muy bien el significado del escarabajo. Pero... —Sin darle tiempo a su sobrino a reaccionar, levantó la tapa del volumen.

—¡No lo abráis! —gritó Íñigo abalanzándose hacia adelante. Pero un gesto de la mano del abad fue suficiente para detenerlo—. Es peligroso, padre, os lo ruego.

—¿Qué lengua es ésta?

—Lo ignoro. He intentado averiguarlo durante años, pero no he podido encontrar ningún otro texto escrito en el mismo idioma.

El abad apartó la mirada del libro y la fijó en su sobrino.

—¿Durante años?

Íñigo inclinó la cabeza; miró el suelo para esquivar los ojos negros que lo interrogaban.

—¿Desde cuándo está este libro en tus manos?

En aquel momento el monje cerró los ojos y se mordió el labio superior.

—Lo encontré hace tiempo... Antes de entrar en la orden. Estaba en un navío que había naufragado.

El abad Fontanela pasó varias de las hojas del tomo para comprobar que aquella lengua desconocida era la única que se utilizaba. No conseguía descifrar ni una sola palabra, así que volvió a cerrarlo y lo dejó sobre la mesa.

—Explícate mejor, hijo mío. ¿Cómo fue a parar a tus manos este libro? ¿Y por qué está escrito en un idioma desconocido con esta tinta...? ¿Es sangre?, ¿está escrito con sangre?

Íñigo le relató lo que había sucedido aquella tarde de tormenta cuando bajó hasta una de las playas próximas a la aldea de sus padres: cómo su mente infantil de entonces se había llenado de dudas acerca de su ingreso en la orden y había querido estar solo para aclarar sus ideas, y cómo de repente había aparecido de la nada aquel barco a merced de las olas... Luego le expuso que, una vez dentro del navío, no había encontrado rastro alguno de la tripulación, sólo el cuaderno del capitán y aquel otro libro que, según las anotaciones del capitán, le habían encargado arrojar...

—... a las profundidades de la mar Océana. Hay algo malvado en ese libro, padre. Algo que alguien quiso asegurarse de destruir, pero que por algún motivo no pudo hacerlo. En su cuaderno, el capitán de la nave cuenta que varios miembros de su tripulación fueron desapareciendo uno tras otro y que él mismo presenció hechos inexplicables.

—¿Qué tipo de hechos?

—Sombras, padre. Sombras que manaban del libro. Vos sabéis que el diablo puede esconderse en cualquier lugar.

Casi sin querer, el abad le dio la espalda y miró el tomo. Centró su atención en el símbolo que bien podría ser un escarabajo. Sabía que el diablo podía mostrarse de la manera más insospechada, pero también era muy consciente de que la mayoría de los hechos indescifrables en apariencia poseían en realidad una explicación totalmente lógica.

—¿Sabes por casualidad quién encargó al capitán esa misión?

—No, padre. No lo menciona en su cuaderno de bitácora.

—¿Y el cuaderno también lo tienes contigo?

—Ya no, pero recuerdo cada una de sus palabras. Lo leí centenares de veces intentando siempre encontrar algún nuevo detalle, algo que antes se me hubiese escapado...

Se produjo una pausa. Íñigo tenía más cosas que contar, pero quería esperar para ver cómo reaccionaba su tío, pues se percataba de que la idea del diablo escondido en las páginas de piel de cordero de un libro no era algo que una persona inteligente fuera a aceptar con rapidez. El abad rodeó la mesa y fue a sentarse; se mantuvo en silencio durante varios minutos más.

—Pareces famélico —comentó al fin como si pretendiera cambiar el tema de la conversación.

—Llevo meses sin comer apenas.

La mano derecha del abad se deslizó hacia la cubierta del libro.

—Os lo pido por favor, padre, no lo abráis.

—Dime una cosa, Íñigo. Si es cierto que lo tienes en tu poder desde hace tanto, ¿por qué no lo has mencionado hasta ahora?

—La maldad que hay en él se muestra cada vez con mayor claridad... Creo... creo que el diablo intenta salir.

—Pero eso no contesta con exactitud a mi pregunta.

Íñigo tragó saliva y volvió a pasarse la lengua por el borde de los labios.

—Al principio no tenía ni idea de lo que se escondía dentro... Quizá... Sí, quizá...

—¿Quizá? —Con un gesto de la mano el abad lo instó a continuar.

—Tengo la sensación de que siempre ha habido algo que me impedía hablar de él, algo que me aconsejaba mantenerlo oculto. Un presentimiento... Pero no lo hice por malicia, padre. Se lo aseguro. Sentí el impulso de llevármelo cuando lo encontré, un impulso que creo que fue sin duda antinatural... Y luego quise descifrarlo, descubrir en qué lengua está escrito y leerlo para descubrir su contenido, pero...

—Pero no pudiste hacerlo.

—No, padre. Durante los últimos años he conocido a muchos monjes estudiosos, traductores expertos en lenguas extranjeras, copistas, rubricantes, miniaturistas...

—¿Les mostraste el libro?

—No, copié pequeños fragmentos, sólo unas frases, y les pregunté si eran capaces de entender lo que se decía en ellas. Pero ninguno fue capaz de hacerlo.

—Debiste habérmelo dicho hace mucho.

—Lo sé, padre. Perdonadme.

—Desde luego es un manuscrito extraño. Sería interesante conseguir leerlo.

—Padre, debemos destruirlo.

—Pero acabas de decir que tú mismo has intentado descifrarlo. Sin éxito.

—Debéis creerme, padre. Ahora no tengo la menor duda de que el mal anida en el interior de este libro. Lo he visto con mis propios ojos... He sido testigo de lo que el capitán de aquel barco vio, y sé de lo que es capaz esa cosa... ¡Ha causado varias muertes ya, padre!

—¿Muertes, dices?

Su sobrino asintió.

—Al principio no las relacioné con el manuscrito... Pero en todos los lugares en los que ha estado el libro se ha producido algún fallecimiento inesperado.

Semejante información provocó que el abad guardara silencio durante varios minutos. Si lo que acababa de escuchar era cierto, la situación tomaba un cariz que se le antojaba excesivamente desagradable.

—Si no te he entendido mal, hijo mío, eso quiere decir que en todos los lugares donde tú has estado se ha producido alguna muerte repentina.

Íñigo abrió la boca, pero fue incapaz de decir nada. Ni siquiera se le había pasado por la cabeza que su tío fuera a suponer algo así, que él era capaz de... Sin pensárselo, se santiguó y, antes de que se diera cuenta, el abad se había levantado y se había plantado ante él colocándole una mano sobre el hombro.

—Tranquilo; lo único que pretendía al decir eso era mostrarte lo que cualquier persona en su sano juicio pensaría. No resulta fácil creer que un libro, por extraño que sea, pueda causar la defunción de un ser humano.

Íñigo agachó la cabeza, sumiso y desconsolado.

—Entiendo, padre. Me tomáis por loco.

—No he dicho eso.

—Lo acepto. Acepto que se me considere loco, pero, por favor, vuelvo a suplicaros, destruid el libro.

—Destruirlo —repitió el abad—. ¿Por qué no lo has hecho ya?

—Porque ignoraba la forma adecuada de hacerlo. Temo que si intentamos deshacernos de él de una forma equivocada el resultado pueda ser el opuesto al que pretendemos. Es decir, que en lugar de acabar con él, liberemos todo su poder.

—¿Y entonces? ¿Por qué has regresado aquí? ¿Cuál es tu idea?

—He pensado mucho en ello, padre, y un día de pronto recordé la antigua cripta a la que se accede desde una de las esquinas del sótano de esta abadía. Creo que..., tal vez, si lo encerramos allí y sellamos la salida...

—Algo similar a lo que su antiguo dueño, fuera quien fuera, intentó al pretender arrojarlo al fondo del mar.

—Pero la mar Océana no quiso aceptarlo, padre. Ahora lo pienso así. El capitán decía en su cuaderno que durante casi toda la travesía la mar se había mostrado enfurecida... Lo que se oculta en el libro se rebeló y provocó la desaparición de los marineros, pero al mismo tiempo la mar también se negó a aceptarlo en su seno, a su manera, haciendo que el barco volviese a la costa. Confío en que si lo ocultamos aquí, en terreno sagrado...

—Hijo mío, voy a serte sincero. No sé qué pensar... sobre lo que acabas de contarme. Necesito reflexionar sobre ello con detenimiento.

Íñigo sintió que por un momento su corazón dejaba de latir.

—Padre...

—Hay un monje en esta abadía, el padre Bastida, que viajó mucho en su juventud y conoce diversas lenguas...

—¿Bastida? No me acuerdo de él.

—No, claro, llegó después de tu marcha. Es un apasionado de las lenguas, habla perfectamente varias de ellas...

—No conocerá ésta, padre. Nadie la conoce. Es la expresión del mismo diablo.

—Lo comprobaremos.

—¡Pero el tiempo se está acabando, padre!

—Lo tienes contigo desde hace años, ¿no es así? ¿Qué importancia puede tener un día más?

—Su poder está aumentando. Creo que... —Tenía la boca y la garganta completamente secas y apenas conseguía que su voz fuera audible—. Creo que de alguna forma sabe lo que planeo y está intentando salir del libro. Mientras venía hacia aquí, su peso ha aumentado considerablemente... A veces he visto cómo mis huellas quedaban marcadas en terrenos duros, en piedra, como si pesase igual que un gigante...

Las últimas frases las había dicho mirando al suelo y, entonces, al alzar los ojos, percibió con claridad en los de su tío que no le creía. Sin duda pensaba que había perdido la razón.

II

2008

Gabriel se asomó por detrás de los arbustos de donde parecía proceder el ruido y en un primer momento no vio nada. Había un pequeño desnivel y otro grupo de piedras que tiempo atrás habían formado parte de la abadía; más allá el muro de árboles se extendía hasta donde abarcaba la vista. Luego sus ojos detectaron un movimiento y dio un respingo; justo detrás del montículo de sillares cubiertos de musgo había algo, aunque todavía no podía distinguir si se trataba de un animal o una persona... hasta que llegó a sus oídos un nuevo quejido seguido, en aquella ocasión, por un exabrupto.

—¿Hola?

Laura se le acercó por la espalda y ambos vieron la cabeza rubia de un hombre de unos cuarenta años que miraba en su dirección.

—¿Quiénes sois? —preguntó el tipo con un ligero acento extranjero.

—Del hotel —respondió Laura.

—¿Del hotel, el Entresierras?

—Sí, ¿y usted? —preguntó Gabriel.

—También —susurró Laura—. Me suena su cara. —A continuación levantó la voz para que el otro la oyera—. Usted se hospeda allí, ¿verdad? En la dos cero cinco, ¿no?

El hombre aguzó la vista, sorprendido, hasta que reconoció a la chica que le había servido el desayuno los tres días que llevaba alojándose en la casona.

—¿Podéis venir y echarme una mano? Creo que me he torcido el tobillo.

Había resbalado subiendo por el terraplén y, en un intento de afianzarse y no caer, su pie derecho había ido a parar entre dos de los bloques de piedra de la abadía. En aquel momento se frotaba la zona afectada con evidentes gestos de dolor. Los muchachos lo ayudaron a ponerse de pie y a ascender la pequeña ladera.

—¿Qué hacía por aquí, señor...?

—Guzmán, Xavier Guzmán. —El hombre se

detuvo al llegar arriba y se tomó su tiempo antes de contestar—: Leí en mi guía sobre este lugar y quería echarle un vistazo, pero si lo llego a saber...

—¿Puede caminar? —preguntó Gabriel, imaginando lo complicado que iba a resultar regresar si no podía hacerlo.

Guzmán probó a apoyar el pie y dar unos pocos pasos.

—Sí, creo que sí.

Los dos chicos respiraron aliviados.

—De todas formas será mejor que vayamos con usted, por si acaso —se ofreció Laura. La joven pensaba en lo que diría su padre si llegaba a enterarse de que había encontrado a uno de sus clientes en apuros y no lo había acompañado de vuelta al hotel.

Gabriel no dijo nada, pero no le pareció mal en absoluto tener una buena excusa como aquélla para salir del bosque. Aunque no habían visto nada anormal, había algo en aquel lugar que lo hacía sentirse incómodo; tal vez sólo fuera que estaba sugestionado por las historias que había escuchado en los últimos días, pero, por mucho que no quisiera admitirlo, cada vez que estaba seguro de que

Laura no podía verlo, miraba por encima del hombro casi temiendo ver aparecer entre los árboles la silueta de Horace Kenton. No le importaba lo más mínimo alejarse de allí.

—¿De dónde es usted? —preguntó Laura intentando resultar agradable.

—De Barcelona.

Los chicos le dirigieron una mirada de perplejidad. Su acento sonaba demasiado extraño para ser catalán. El otro, al darse cuenta, intentó sonreír, aunque en seguida la sonrisa fue solapada por un gesto de dolor al apoyar el pie.

—Nací en Barcelona, pero he vivido siempre en Reino Unido, en Manchester. Podría decirse que soy más inglés que otra cosa.

De vuelta en el hotel, Ángela llevó a Xavier Guzmán en su coche para que un médico le examinara el pie, que resultó haber sufrido simplemente una torcedura. Tras un fuerte vendaje y la recomendación de que no lo apoyara en al menos un par de días, regresaron a tiempo de cenar.

La noche estaba cuajada de estrellas y brillaba una luna casi llena que cubría la sierra de un manto plateado. Como todos los días, el restaurante estaba repleto de rostros sonrientes y cansados y los platos de comida iban vaciándose a un ritmo vertiginoso.

A Laura y a Gabriel, la excursión, y especialmente la caminata de regreso cargando a cuestas con Xavier Guzmán, les había abierto el apetito y apenas hablaron hasta dar buena cuenta de su ración.

—Bueno, ¿qué piensas ahora de la Caldera? —quiso saber Laura.

Gabriel respondió con un mohín indeciso. No sabía muy bien qué decir al respecto; le había parecido un lugar extraño, incluso inquietante, pero no quería reconocerlo. Él y sus amigos siempre se dedicaban a retarse los unos a los otros a cualquier estupidez, desde imitar el rebuzno de un burro en mitad de clase hasta entrarle a la chica más fea que pudiesen encontrar en la discoteca, y Gabriel nunca se había echado atrás temeroso de que pudieran tacharlo de cobarde.

—La aparición de Guzmán te salvó de tener que meterte ahí, ¿eh? Se te notaba la cara de susto.

—¿A mí? Habla por ti. Yo habría entrado, eras tú la que quería quedarse fuera.

En ese momento se escuchó un extraño sonido que Gabriel no había oído nunca, una especie de ulular que se superpuso momentáneamente a las conversaciones y, luego, antes de extinguirse por completo, pareció quedarse suspendido en el aire durante varios segundos.

—¿Qué ha sido eso? —preguntaron varias voces al mismo tiempo.

Ernesto, que en ese momento estaba saliendo por la puerta batiente que comunicaba con la cocina, miró en dirección a la mesa de los parroquianos que jugaban una partida de naipes antes de contestar. Los seis hombres allí sentados también habían alzado la mirada con gesto de sorpresa.

—Juraría que...

—Sí, eso ha sido el aullido de un lobo —sentenció uno de ellos.

—¿Un lobo? ¿Es que hay lobos por aquí? —preguntó una huésped desde una mesa del otro extremo del local.

—Ehh... —titubeó Ernesto no muy seguro—. En realidad hace mucho que no se les ve por aquí. —Tres de los parroquianos habían dejado sus cartas boca abajo en la mesa y se asomaban a una de las ventanas.

—Era un lobo, eso seguro —insistió el mismo de antes.

—Se ha oído muy cerca —dijo otro huésped sin disimular cierto nerviosismo.

—No se preocupen —se apresuró a intervenir Ernesto—. El viento juega malas pasadas en las montañas. Puede arrastrar sonidos muy lejanos y hacer que parezcan muy próximos. Desde hace muchos años las manadas de lobos no se acercan por esta zona; éste debe de haberse separado del resto del grupo y ahora estará llamándolos. Y ni siquiera creo que esté cerca.

—Hay quien asegura convencido que, a través de sus ojos, es el demonio mismo el que mira y que no existe en este mundo otro animal tan cruel.

Todos los presentes se volvieron extrañados hacia el autor de aquellas palabras. Las había pronunciado Xavier Guzmán, que entonces tenía dibujada en su rostro una llamativa sonrisa aunque parecía ausente, ensimismado en un mapa que tenía desplegado sobre la mesa.

Ernesto carraspeó y luego intentó tranquilizar a sus clientes:

—Bueno, los lobos poseen una fama que no se corresponde con la realidad. No son animales diabólicos ni nada semejante. Son depredadores, sí, pero...

III

1367

Llevaba un rato sentado en uno de los últimos bancos, con los ojos cerrados pero sin pronunciar ninguna oración, cuando el hermano Lozada se acomodó a su lado. El peso de su cuerpo produjo un gran crujido en la madera e hizo que Íñigo saliera de su ensimismamiento.

—¿Puede saberse ya la razón que te ha traído de vuelta, hermano Láinez? El abad anda preocupado.

—¿Ha hablado él contigo?

—No, pero ésta es una comunidad muy pequeña. Todo se sabe. No hay secretos dentro de las murallas de Peña Dorada.

—Todo sigue igual que antes, ¿eh?

—Estas paredes no gustan de secretos, ya lo sabes. Cuéntame, ¿de qué se trata?

Íñigo respiró profundamente antes de empezar a hablar.

—Estamos en peligro, hermano. Todos.

Levantó la mirada y la fijó en los haces de luz que entraban a través de las vidrieras tiñéndose de color en lo que se le antojó una metáfora del Paraíso.

El hermano Lozada se encorvó para acercarse a él e Íñigo le resumió, sucintamente, todo lo que había ocurrido desde que se coló por el agujero que las rocas habían abierto en el casco del navío naufragado.

—Pero el abad no me ha creído —dijo para concluir—. Y cada día que ese libro siga sin ser enterrado en la cripta, la sombra que se cierne sobre nosotros se hará más oscura e impenetrable.

El otro se enderezó de nuevo y soltó el aire de los pulmones. No había dicho nada durante el tiempo que había durado el relato.

—Hermano, no me sorprende que el abad no te haya creído.

—¿Tampoco tú me crees?

La mirada de Lozada atravesó la penumbra para examinar el rostro de su compañero y, tras una pausa, asintió.

—Sí, yo sí te creo. Si tú me dices que lo que cuentas es cierto, yo te creo.

—Gracias.

—Pero dime, ¿por qué consideras que encerrar ese extraño manuscrito en la cripta será suficiente?

—No lo sé, pero no se me ocurre una idea mejor.

José Bastida llevaba toda su vida entre libros; había viajado por distintos monasterios y abadías de la orden para poder tener en sus manos algunas de las obras más antiguas de Europa. Sin embargo, jamás había visto ningún otro texto escrito en la extraña lengua que aparecía en el volumen que el abad Fontanela le acababa de mostrar. Bastida se inclinó sobre la vitela (era viejo y tenía la vista cansada por los años de lecturas) y el abad se asomó por encima de su hombro, ansioso. Tuvo que aguardar varios minutos antes de que el otro se decidiera a hablar:

—Sin duda, se ha empleado sangre a modo de tinta... y ha debido de ser necesaria una gran cantidad de ella.

—¿Podéis entender lo que hay escrito?

Bastida tardó en contestar, pues examinó cada una de las palabras de aquella primera página que tenía ante sí, para exasperación de su superior.

—No, nada en absoluto. Aparecen símbolos aquí que nunca he visto. —Su voz denotaba perplejidad e incomprensión.

—Pero algo podréis captar, sois un experto...

El monje hizo un gesto de negación con la cabeza.

—Es como pedirle a un pobre ignorante que lea un texto en latín. El alfabeto utilizado para escribir esto me es completamente desconocido.

El abad frunció el entrecejo, gesto que provocó que toda su frente se poblase de arrugas. Resultaba difícil darle crédito a la historia de su sobrino, pero si había algo de cierto en ella, si en aquel manuscrito residía algún tipo de mal (y, si no era así, ¿por qué estaba escrito con sangre?), podría ser peligroso tenerlo allí, en una abadía tan pequeña...

—¿Sabéis de alguien que sea capaz de descifrarlo, padre Bastida?

El viejo monje enderezó la espalda, pensativo, y en un ademán involuntario se mordisqueó los nudillos de la mano izquierda mientras hacía memoria.

—Conocí a quien tal vez hubiera podido hacerlo, pero si no recuerdo mal falleció hace varios años en un monasterio francés.

Fontanela resopló irritado y comenzó a caminar dando vueltas alrededor de la sala donde se hallaban. El abad había escogido precisamente aquella sala porque no quería, por el momento, que ninguno de los otros monjes supiese de la existencia del manuscrito que había llevado su sobrino. Allí estaban aislados del resto del edificio por una puerta situada en uno de los laterales del *scriptorium* y de la que sólo él y el bibliotecario tenían llave; tras esa puerta había una escalera de caracol por la que se accedía a la cámara en la que estaban.

—¿Puedo preguntar, reverendísimo señor, quién ha traído este libro? —inquirió Bastida.

—Un monje al que conozco... Confío en él, de hecho es mi sobrino. Aunque llevaba muchos años lejos de aquí hasta que regresó anoche mismo. Afirma que no ha encontrado a nadie capaz de entender esa lengua.

—Si al menos supiéramos quién es el autor, su origen..., tendríamos algo de información y sabríamos dónde empezar a buscar...

El abad se detuvo frente a Bastida. Estaban separados por la mesa sobre la que descansaba el volumen, que continuaba abierto por la primera página.

—Padre Bastida, mi sobrino teme que, de alguna forma, el diablo resida en ese texto.

El monje abrió la boca, pero ninguna palabra salió de ella. Miró al abad y luego sus ojos retornaron al libro y sus dedos, firmes pero cautos, pasaron las primeras páginas, una tras otra.

—¿Me permitís estudiarlo un tiempo?

—Eso era precisamente lo que iba a pediros. Examinadlo con detalle, intentad descifrarlo aunque sea fragmentariamente. Quizá un solo párrafo nos sea suficiente. No quisiera destruirlo si es una obra única, pero si realmente Satán se halla oculto tras ese texto, no nos quedará más remedio.

El otro asintió, pensativo, y sin más, se enfrascó en su tarea olvidándose al momento de la presencia del abad, que permaneció allí unos cinco o diez minutos más observándolo con atención, esperando que de un momento a otro consiguiese revelar alguno de los arcanos del extraño volumen. Pero al ver que Bastida no se movía apenas, y que su rostro no reflejaba expresión alguna, se dirigió hacia la puerta:

—Os dejo solo para no molestaros. Más tarde volveré a ver si tenéis algo que decirme.

El viejo no respondió. Probablemente ni siquiera lo había oído, concentrado como estaba en analizar uno a uno los símbolos que componían las palabras del libro.

Cuando unas horas más tarde el abad Fontanela entró de nuevo, encontró al monje en la misma posición, como si el tiempo no hubiera pasado. La única prueba de que se había movido eran unos trozos de vitela en los que había confeccionado varias listas con los diferentes símbolos que había ido encontrando en su lectura.

—¿Habéis logrado sacar algo en claro?

Bastida pareció sobresaltarse; no se percató de su regreso hasta que lo oyó hablar. Necesitó humedecerse los labios antes de poder contestar:

—Trabajaré toda la noche, si me lo permitís.

—¿Qué son esos listados?

—He pensado que, tal vez, descubriendo cuáles son los que más se repiten... Pero es sólo una teoría. No todas las lenguas funcionan del mismo modo.

—Bien, bien. Seguid por ese camino. Daré instrucciones para que os traigan aquí la cena y que nadie os moleste.

Bastida se enderezó en su silla y echó la cabeza hacia atrás; estiró el cuello lo máximo posible y alargó los brazos hacia adelante con las manos entrelazadas para desentumecer sus articulaciones. Luego parpadeó varias veces, pues notaba los ojos secos por completo; se los frotó con tanto ímpetu como si planeara borrárselos de la cara y, de nuevo, los abrió y los cerró repetidamente.

Tras uno de esos parpadeos distinguió una sombra que se proyectaba sobre la pared que tenía enfrente.

—No lo he oído entrar, reverendísimo señor.

No obtuvo respuesta, así que se volvió para mirar detrás de él. Luego miró a un lado y a otro pensando que tal vez el agotamiento le había engañado... Pero la silueta de la pared le había parecido muy nítida. Demasiado. Recorrió con la mirada toda la estancia, cada rincón, y cuando su mirada volvió a posarse en la misma pared de antes, por una décima de segundo, un instante efímero, volvió a descubrir la sombra. Entonces, le pareció más frágil, más tenue, y, ante su asombro, se disipó en la nada.

Se puso en pie tan rápido como se lo permitieron sus piernas adormecidas. La silla en la que había estado sentado cayó con estrépito hacia atrás, rebotando en el suelo de piedra. Notaba cómo su pecho se inflaba y desinflaba rápidamente empujado por los latidos desbocados de su corazón.

Se quedó inmóvil durante varios minutos sin que nada más ocurriera. Y poco a poco su respiración se fue calmando. Bajó la mirada hacia la mesa, donde el libro continuaba abierto por donde él lo había dejado. La sangre había adquirido una tonalidad más oscura.

Cerró los ojos y los apretó con fuerza pensando que, después de todo, tal vez sí, tal vez hubiese sido víctima de su propio cansancio. Los abrió y la pared frente a él seguía desnuda, vacía de sombra alguna.

Descansaría un poco, bajaría al patio y el frescor nocturno lo despejaría. Sí, eso haría. Necesitaba estirar las piernas y, sobre todo, reposar la vista.

Llegó hasta la puerta, pero al tirar de ella para abrirla sintió que no podía moverla. Lo intentó de nuevo, y notó cómo su extrañeza inicial se convertía en otra cosa. Con un temor súbito giró sobre sí mismo para contemplar el libro. Seguía igual que antes, o eso fue lo que le pareció en un principio, porque al acercarse habría jurado que no estaba en la misma página por la que él lo había dejado abierto. Un rápido vistazo le bastó para confirmarlo. Un golpe de aire podría haber pasado las páginas..., pero no había la menor corriente en la habitación.

¿Qué estaba ocurriendo?

Volvió a la puerta y tiró de ella con todas sus fuerzas... en vano. A continuación empezó a golpearla con los puños cerrados y a gritar con toda su alma. Pero, de algún modo, presintió que su voz no conseguía traspasar el grosor de los muros y que nadie en la abadía podía oírlo. Entonces, regresó a la mesa y de un violento manotazo cerró el libro.

Le pareció que el silencio aumentaba, aunque antes ya era total pues hasta allí no llegaba ningún sonido del exterior, así que pensó que debía de tratarse tan sólo de una ilusión. Y el frío también era más intenso ahora...

Con incredulidad, vio cómo el libro se abría por sí solo, justo por la misma página que antes, y algo lo detuvo antes de que pudiera siquiera intentar cerrarlo de nuevo. Notó una especie de soplo, una bocanada de aire pútrido y pestilente, que se colaba en el interior de su cabeza y la invadía. Su vista dejó de mostrarle la habitación en la que se hallaba y le reveló imágenes de otro lugar muy distinto...

IV

2008

Gabriel estaba embobado observando a dos chicas que estudiaban una guía de viajes sentadas en un banco de madera del patio del hotel, cuando sintió el impacto de una mano abierta en su mejilla izquierda. Ni siquiera se había dado cuenta de que Laura se había acercado por detrás de él y llevaba dos largos minutos a su lado esperando a que se apercibiera de su presencia.

—¡Auhh! ¿A qué ha venido eso?

—Cierra la boca, que se te va a caer la baba.

—¿Eso son celos, Laurita?

—No, eso ha sido una bofetada.

—Ya te vale. —Pero, de algún modo, no le molestó del todo. Por mucho que dijese otra cosa, la actitud de Laura hacia él había variado ostensiblemente desde su llegada. Sobre todo desde que había podido regresar a su habitación y él se había pasado a uno de los cuartos designados para los huéspedes del hotel. Su relación había mejorado, no había duda. Ya no ponían excusas absurdas para evitarse, como habían hecho durante los primeros días, sino que se buscaban el uno al otro cuando estaban libres de sus respectivas tareas y pasaban la mayor parte del tiempo juntos. Si antes no les quedaba más remedio que soportarse, ahora empezaban a caerse bien. Y, en opinión de Gabriel, si a Laura le molestaba que mirase a otras chicas, podría ser que comenzara a resultarle algo más que simpático—. ¿Alguna noticia de la batida? —preguntó.

Desde que la otra noche se había escuchado el extraño aullido del lobo durante la hora de la cena, los habitantes de las aldeas cercanas habían organizado varias batidas en busca del animal. Intentaban confirmar si se trataba de un ejemplar solitario o si, por el contrario, era una manada entera. Un par de hombres afirmaron haber visto un lobo en la distancia, pero luego su rastro se había perdido.

Laura negó con un gesto. Abrió una bolsa de pipas y le ofreció a Gabriel.

—¿Y tú crees que de verdad fue un lobo? —insistió él.

—Pues claro. Ya oíste a todos. Aunque supongo que fue alguno que se había extraviado y llamaba a su manada.

Comieron un rato en silencio y luego Laura volvió a hablar:

—Lo que me llamó la atención fue el comentario de ese hombre, Guzmán.

—Supongo que quería resultar gracioso o hacerse el interesante, no sé.

—¿Tú crees? A mi padre no le hizo ninguna gracia. Si la gente empieza a creer que esto es territorio de lobos, será malo para el negocio. Además, el tipo ni siquiera levantó la mirada de lo que estaba haciendo. Es un hombre extraño, ¿no te parece?

Gabriel se encogió de hombros. Después de ayudarlo a regresar al hotel cuando lo encontraron en la Caldera, no había vuelto a cruzarse con él más que a la hora de la cena. No sabía qué hacía el hombre el resto del día, ni tampoco le interesaba lo más mínimo.

De pronto notó que Laura le daba un codazo.

—Mira, tus amiguitas vienen a por ti.

Alzó la vista y vio que era cierto. Las dos chicas se habían levantado y caminaban hacia ellos algo indecisas. Por su aspecto, debían de ser hermanas. Ambas tenían una media melena rizada que les caía justo hasta la altura de los hombros, la cara redonda y los ojos claros. Llevaban pantalones cortos y los arañazos y rasguños de las ortigas y demás que lucían en las piernas hablaban de las excursiones campo a través que habían realizado durante los días que llevaban allí. La mayor de las dos, que debía de tener entre quince y dieciséis años, fue la que habló:

—Hola. —Con el dedo índice marcaba un punto de la guía de viaje que habían estado leyendo y, tras recibir la respuesta de Gabriel y Laura a su saludo, abrió el libro y se lo mostró—. ¿Sabéis dónde está esto que pone aquí?

Gabriel dejó que fuera Laura quien se preocupase de mirar lo que la chica indicaba. Él se concentró en observarlas mejor ahora que las tenía más cerca.

Laura dejó escapar un bufido que ninguno de los demás supo bien cómo interpretar. Después dijo:

—No son más que ruinas, ¿sabéis? No merece la pena ir hasta allí.

—Ya, bueno, eso lo dice en la guía. Pero nos gustan las ruinas antiguas —dijo la chica. Su hermana pequeña asintió en silencio—. ¿Puedes explicarnos cómo llegar?

—Pues... —titubeó Laura.

—¿De qué estáis hablando? —preguntó entonces Gabriel mientras se inclinaba sobre el libro y leía el epígrafe: «Abadía de Peña Dorada». Sin poder evitarlo, carraspeó y tragó saliva, pero en seguida sonrió—. Estuvimos ahí el otro día. Podemos llevaros.

Laura giró la cabeza para lanzarle una mirada incrédula.

—¿En serio? —preguntó la mayor de las dos hermanas.

—Claro, ¿por qué no? ¿Verdad, Laura? —y haciéndoles un guiño a las otras, añadió—: Ella es la guía oficial. Apuesto lo que queráis a que sabe más que el que escribió ese libro vuestro.

Laura refunfuñó, pero no dijo nada.

—¿Esta tarde?

—Ehh... Claro. Salimos después de comer, ¿os parece?

Ambas asintieron. Y Laura siguió sin decir nada,

entre otras cosas porque en ese momento acababa de llegar el todoterreno de Zacarías, uno de los vecinos de la aldea más cercana y quien se había encargado de dirigir la batida de aquella mañana en busca del lobo. El hombre bajó del vehículo y entró en el hotel.

Laura se lo quedó mirando y, tras un par de segundos, les devolvió el libro a las hermanas y siguió a Zacarías al interior de la casona. La expresión excesivamente seria de su cara le había hecho pensar que algo no marchaba bien. Fue al restaurante y lo encontró acodado en la barra, donde su padre ya le estaba poniendo un vaso de vino. Ernesto saludó a su hija con un leve movimiento de las cejas, se sirvió a sí mismo otro vaso y se apoyó sobre la barra.

—¿Habéis visto lobos? —inquirió en tono confidencial aunque era innecesario porque no había nadie más; era mediodía y todos los huéspedes estaban fuera. Zacarías dijo que no con la cabeza—. Entonces, ¿a qué viene esa cara tan seca?

El aldeano dio un trago largo al contenido de su vaso antes de contestar. A Laura, que desde donde estaba (algo apartada para que no se notase que quería oír su conversación) sólo podía verle de perfil, le dio la impresión de que Zacarías no estaba del todo seguro de cómo contar lo que había ido a contar.

—Hay algo... —empezó a decir. Se interrumpió y se rascó la coronilla, donde tenía una gran calva—. Hay algo raro.

—¿A qué te refieres?

—No sabría decirte. Algo en el ambiente... Por primera vez en mi vida me he sentido inseguro en los montes.

Ernesto intentó sonreír, aunque lo hizo sin convicción.

—Hacía mucho que no se veían lobos por aquí. Eso intranquilizaría a cualquiera.

—No hay lobos, hombre. Los habríamos visto. El de la otra noche debe de estar ahora muy lejos. Hablo de otra cosa..., pero no sé exactamente de qué.

El padre de Laura permaneció callado esperando a que Zacarías se explicase mejor.

—Y no he sido el único que lo he sentido. Evaristo me lo ha comentado también.

—No estoy seguro de entenderte.

—Pasa algo ahí arriba; no sé qué es, pero pasa algo. —Dio un golpe sobre la barra con el culo del vaso y lo empujó ligeramente hacia Ernesto. Luego, con una mueca que mostraba su preocupación, se dio la vuelta y se marchó.

Sorprendido, el hotelero miró a su hija, consciente de que los había oído. Hizo un gesto indeciso y recogió los dos vasos vacíos para dejarlos dentro del fregadero. Después, entró en la cocina diciendo algo sobre comprobar el estado del asado y Laura se quedó sola durante un instante pensando en lo que acababa de escuchar. En seguida entró Gabriel a buscarla.

—¿Qué haces? Parece que te ha molestado que les dijera a las chicas que podíamos llevarlas. ¿No quieres ir?

Laura lo miró mientras se mordía el labio inferior, cavilosa.

—Sí, iremos. —Al principio no le había hecho mucha gracia, pero la breve conversación entre su padre y Zacarías había despertado su curiosidad.

V

2008

Durante el camino Gabriel les contó a Susana y a Marina (las dos hermanas) lo que se decía en la región sobre el bosque de la Caldera, y Laura no pudo dejar de sorprenderse por los fragmentos que el muchacho añadía sobre la marcha y por su forma de narrar una historia que él mismo sólo había escuchado una vez. Habló de Horace Kenton y su extraña desaparición y de cómo había quien afirmaba haberlo visto en el bosque, todo ello aderezado con una fantasmal manada de lobos que había atemorizado a los habitantes de la comarca hacía varios años...

—¿Me dijiste que tenías un grupo de *rock*, o era de teatro? —aprovechó para preguntarle en un momento en que las otras dos no podían oírlos.

—Ambas cosas. Voy a clases de teatro. He hecho de Don Mendo y de Hamlet.

—Ya se te nota, ya. ¿Y ahora de quién estás haciendo, de Romeo? Pues me parece que las estás asustando.

—¿Y a ti qué te pasa? Es la primera vez que abres la boca desde que salimos.

—Nada.

Laura lo observaba todo como si fuera nuevo para ella, como si no hubiera pasado por aquel mismo lugar cientos de veces. Estaba intentando descubrir qué era aquello a lo que se había referido Zacarías, pero por el momento no había notado nada que le resultase extraño.

—¿Nada? Si tú lo dices, bichito.

—Oye, ni se te ocurr...

—¿Te molesta que te llame «bichito»?

Sin darle tiempo a reaccionar, Laura lo pellizcó en el brazo y empezó a retorcer y retorcer y retorcer sin dejar de sonreír en ningún momento. Gabriel aguantó el grito de dolor que le subía por la garganta, devolviéndole la sonrisa.

—¿Qué es eso? —La pregunta de Marina, la mayor de las hermanas, hizo que Laura apartase su mano del brazo de Gabriel y que ambos mirasen hacia sus dos compañeras, que se habían adelantado unos metros.

Susana y Marina habían llegado hasta un arroyo que tendría apenas un metro de ancho, por lo que vadearlo y seguir adelante no suponía ninguna dificultad, pero ninguna de las dos se movía.

Cuando Laura y Gabriel las alcanzaron pudieron ver lo que las había hecho detenerse: el agua del torrente estaba sucia, llena de manchas oscuras y espesas de una sustancia viscosa, rojiza.

Laura se puso de rodillas para verlo mejor. La profundidad era muy escasa, no más de dos o tres palmos. La mugre parecía brotar del fondo arenoso y subir a la superficie disolviéndose poco a poco hasta enturbiar el agua.

—¿Qué porquería es ésta?

Gabriel estaba igualmente perplejo. El otro día, cuando habían cruzado aquel arroyo, el agua estaba tan limpia y transparente que había rellenado con ella su botella. Ahora no se le ocurriría hacerlo.

—Pero sale del fondo, ¿no? —preguntó Marina—. Debe de ser algo natural.

—No sé si será esto a lo que... —empezó a decir

Laura. Dejó la frase a medias provocando que los otros tres la mirasen en espera de la continuación.

—¿Qué? —quiso saber Gabriel, cuando notó que seguía sin decir nada.

—Nada —contestó Laura, mientras hacía un gesto de negación con la cabeza—. Parece salir del fondo, así que, como ha dicho Marina, supongo que será algo natural. Tal vez cuando volvamos ya haya desaparecido. —No quiso decir nada más y, de un salto, pasó al otro lado y reanudó la marcha.

Los otros tres la siguieron, no muy convencidos de que el agua fuera a limpiarse tan rápidamente como ella sugería. En realidad, ni siquiera la propia Laura lo creía. No sabía qué pensar sobre lo que acababa de ver; no había visto nunca nada similar en ninguno de los arroyos o riachuelos de la zona. Resultaba extraño, desde luego, pero algo le decía que no había sido a eso a lo que se había referido Zacarías aquella mañana hablando con su padre.

Durante su ascenso, unas nubes color ceniza ocultaron por completo el cielo y cubrieron el paisaje con una luminosidad opaca y ocre.

—No irá a llover justo hoy, ¿verdad? —dijo Susana.

Laura, que iba en cabeza, se detuvo y miró a sus compañeros, uno por uno.

—Hemos hecho ya más de la mitad del camino. Si preferís volver, será mejor que lo digáis ahora.

—No, sólo era un comentario —repuso Susana, en tono de disculpa.

—De todos modos —añadió su hermana mayor—, o vamos hoy o ya no podremos. —Ya les había explicado antes a Gabriel y a Laura que ese día habían decidido quedarse las dos solas mientras el resto de su grupo, formado por sus padres y unos amigos, habían decidido ir a pasar la jornada a Santander. «Nosotras ya hemos tenido suficiente sesión de coche y curvas para venir hasta aquí», había comentado.

—Seguimos adelante, entonces —se apresuró a decir Gabriel—. Sólo una cosa, si veis a un tipo con cara de inglés y aspecto de llevar muerto unos cuantos años, no os paréis a saludarlo; echad a correr, ¿de acuerdo?

—Muy gracioso.

Poco a poco el ambiente se fue tornando más apagado y, cuando llegaron a la Caldera, el bosque surgió ante sus ojos envuelto en sombras azuladas. Laura hizo una parada en lo alto de la escarpada ladera que debían bajar a continuación, y dio un trago largo de su botella de agua. A continuación miró a su alrededor.

—¿Qué buscas? —preguntó Gabriel, que llevaba tiempo percibiendo su curioso comportamiento.

Por respuesta, Laura se limitó a encoger los hombros. Se decía a sí misma que debía de estar sugestionada por lo que le había oído decir a Zacarías, pero desde hacía un rato se sentía incómoda, como si alguien la observase fijamente. No pudo evitar estremecerse, como si un trozo de hielo resbalase por su espalda, pero no dijo nada y Gabriel soltó un bufido de desesperación. La joven podía imaginar perfectamente lo que su amigo estaba pensando, lo que tantas veces le había dicho: que encajaba en la descripción que cualquier diccionario daría de un «bicho raro», pero en aquel momento le importaba bien poco.

—¿Bajamos? —preguntó Marina.

—Sí, claro. Vamos —contestó Gabriel viendo que Laura le hacía un gesto para que fuera él delante.

VI

1367

Poco antes del alba, el abad Fontanela fue en busca del padre Bastida. Las pocas horas que le dedicaba diariamente al descanso no le habían servido para nada, había pasado la noche envuelto en horrendas pesadillas sin sentido y en aquel momento se encontraba incluso más cansado que cuando había decidido acostarse. Sin embargo, en cuanto abrió la puerta de la celda todo ese agotamiento pasó a otro plano, a uno donde ya no tenía la menor importancia.

Lo primero que percibió fue la escasa claridad que penetraba por la ventana. La habitación estaba prácticamente a oscuras. Luego, su mirada viajó hasta el libro, abierto encima de la mesa. Sobre él parecía haber una sombra densa, informe, más oscura que el resto de las que poblaban la estancia, que, al sentir la corriente de aire y la claridad de la antorcha que el abad llevaba consigo, se replegó sobre sí misma y después descendió hasta caer sobre el manuscrito y desaparecer. Fue más bien como si el manuscrito la absorbiese y dejara tras ella otra sombra distinta, más tenue, más natural. Fontanela permaneció inmóvil en el umbral, parpadeando. Había sucedido muy rápido, ya no quedaba rastro de aquella silueta, pero el abad estaba totalmente convencido de lo que había visto.

En silencio, lamentó haber acudido tan temprano a comprobar los avances del padre Bastida, pero ya era tarde para arrepentirse. Estaba allí, y sus ojos acababan de mostrarle algo que se negaba a creer. Además, el monje no estaba. Fontanela pensó que debía de haberse retirado a dormir o tal vez a la iglesia, pues pronto acudiría allí la comunidad entera para las primeras oraciones del día.

Respiró profundamente un par de veces en un intento de calmar los nervios que empezaban a invadirlo. No podía permitir que el miedo irracional se apoderara de él. Volvió a coger aire y a continuación lo expulsó de sus pulmones con lentitud. Movió el brazo derecho, el que sostenía la antorcha, a un lado y otro, sin saber muy bien por qué lo hacía..., tal vez buscaba alguna otra sombra más espesa y negra que el resto. No la encontró y se decidió al fin a entrar, aunque lo hizo con pasos titubeantes, sintiéndose a un tiempo asustado y ridículo. Reunió toda su determinación y llegó hasta la mesa para cerrar el libro, pero al tocarlo notó un calor abrasador en la yema de los dedos y retiró la mano con una exclamación de dolor. La piel se le había chamuscado igual que si hubiera rozado la llama de una hoguera; se llevó los dedos a la boca para intentar enfriarlos con saliva y salió al pasillo.

La luz de la antorcha se agitó de forma brusca y, por un momento, creyó que iba a apagarse. Se encaminó hacia la escalera, pero antes de llegar a ella se detuvo al ver que había algo en medio del corredor. Tenía aspecto de ser una especie de muro de oscuridad, una pared hecha de sombra...

—¿Qu... quién anda ahí?

Extendió el brazo hacia adelante para apuntar con la antorcha a aquella barrera que tenía enfrente y pudo ver que la luz no conseguía traspasarla. Sintió un sudor frío, gélido, que le resbalaba por la piel de la espalda.

No era capaz de moverse, sus pies parecían anclados al suelo de piedra, pero, aunque hubiera conseguido que sus piernas le respondiesen, tampoco tenía adónde ir. La única salida era aquella escalera; las dos ventanas que había en la habitación eran demasiado estrechas como para que un cuerpo adulto se escurriese por ellas.

Durante unos minutos nada sucedió, pero después, para su horror, el abad percibió con claridad cómo el muro de sombra avanzaba hacia él. Su mirada nerviosa buscó un resquicio, una grieta en las tinieblas que pudiera darle alguna esperanza, pero no la había. Retrocedió hasta dar con la espalda en la pared y mantuvo el brazo extendido mientras rezaba para que el fuego de la antorcha deshiciera aquella negrura que avanzaba amenazadora hacia él.

Sin embargo, al primer contacto, la tea se apagó y el abad, indefenso, cruzó ambos brazos frente a su rostro para protegerse. Aunque continuaba sin saber exactamente contra qué.

VII

2008

Nada más adentrarse en el bosque, Gabriel notó que los pies se le hundían un poco en el terreno. Si no recordaba mal, durante su última visita el suelo había estado completamente seco y firme hasta que habían llegado a las proximidades de la abadía y, por lo que él sabía, desde entonces no había llovido. Miró hacia adelante y vio que en varios puntos había incluso charcos de agua rodeados de barro. El olor a humedad y a madera podrida impregnaba el aire.

—Si estuviéramos en la costa y al nivel del mar, diría que esto está a punto de hundirse.

Susana, la pequeña de las dos hermanas, se detuvo con cara de disgusto.

—Si lo llego a saber... —dijo a media voz mientras miraba sus zapatillas de deporte blancas y casi inmaculadas.

Laura ya no tenía ninguna duda de que Zacarías tenía razón y de que algo fuera de lo corriente sucedía allí arriba. Su inquietud había ido aumentando desde que salieron del hotel, y entonces, viendo en qué condiciones se hallaba el suelo bajo sus pies, creció más todavía. El bosque parecía estar convirtiéndose en una ciénaga. Por un momento pensó en intentar convencer a los demás de regresar, pero, en vez de eso, le preguntó a Marina:

—¿Por qué tienes tanto interés en ver las ruinas?

—Siempre me han gustado ese tipo de cosas. Ya sabes, ver los restos de nuestra propia historia, lo que construyeron nuestros antepasados, imaginar cómo era su vida... Además, durante el próximo curso voy a tener al mismo profesor de historia que ya he tenido este año y, aparte de aprobar los exámenes, nos exige hacer un trabajo. «Trabajo de campo», lo llama él. Puede que haga el mío sobre esta abadía. Si vale la pena, claro.

Laura respondió con un gesto vago y se resignó a continuar adelante. Ya que habían llegado hasta allí, bien podían caminar un poco más, echarle un vistazo a los sillares que quedaban por ahí diseminados y darse la vuelta. Ella optó por quedarse un poco atrás, permitiendo a Gabriel que encabezara la expedición.

Antes de llegar oyeron varios golpes secos que se propagaron por el bosque y dieron la sensación de rebotar en cada árbol de forma que les resultó imposible descubrir su origen. De hecho, durante un momento los cuatro buscaron en direcciones opuestas, pero en seguida sus miradas convergieron en un mismo punto, delante de ellos, donde el terreno se elevaba y comenzaban a distinguirse, si uno se fijaba bien, los primeros restos de lo que había sido la muralla que en su día rodeó la abadía de Peña Dorada.

—¿Qué es eso? —preguntó Gabriel parándose de golpe.

Antes de que nadie respondiera, se oyeron nuevos golpes, idénticos a los anteriores.

—¿Martillazos?

Laura asintió, pensaba lo mismo que Susana, pero ¿quién estaba dando martillazos en aquel lugar tan apartado? Dio unos pasos y se colocó junto a Gabriel.

—Todas esas historias que nos has contado antes —dijo Marina— eran mentira, ¿no es así?

—Umm... Sí, claro —respondió Gabriel.

—¿Por qué no os quedáis vosotras dos aquí mientras nosotros nos acercamos a ver? —sugirió de pronto Laura.

—¡No! —exclamó Susana intentando dibujar una sonrisa con sus labios sin conseguirlo plenamente—. ¿No has visto películas de terror o qué? Lo de separarse nunca es buena idea.

Finalmente subieron los cuatro, en fila india, y para cuando llegaron a las ruinas los ruidos habían cesado.

—Venga, haz las fotos que tengas que hacer y vámonos de aquí —le pidió Susana a su hermana mayor.

Marina ya había sacado la cámara y buscaba una buena posición. Justo cuando pulsaba por primera vez el disparador, volvieron a oírse los martillazos y, para sorpresa de todos ellos, parecían proceder del subsuelo, de debajo mismo de sus pies.

Gabriel se fijó primero en Laura, que le devolvió la mirada, y luego en la mole del edificio derruido. La otra tarde no había llegado a entrar, pero entonces...

—¿Entramos? —le preguntó a Laura, que asintió al tiempo que les decía a Marina y Susana:

—Quedaos aquí. —Esta vez no les dio opción a negarse.

Penetraron en lo que quedaba de edificio y avanzaron por lo que había sido un amplio vestíbulo que en aquel momento carecía de techo en su mayor parte. Aquí y allá había restos de muros todavía en pie, pero hacía siglos que la gran mayoría se había desplomado. No resultaba fácil hacerse una idea del aspecto original de la abadía, solamente quedaban unos sillares erosionados por la lluvia de años y cubiertos en gran parte por la vegetación. Algo apartados, podían verse otros restos, pero aparentaban formar parte de otros edificios más pequeños.

—No puedo imaginarme cómo sería vivir aquí hace... ¿cuánto? —empezó a decir Gabriel.

Pero Laura le hizo un gesto impaciente para que guardase silencio. Por debajo de ellos seguían oyéndose los martillazos.

—Tiene que haber una forma de entrar.

—¿De entrar?

—De bajar —se corrigió Laura—. Debe de haber algún sótano o algo así aquí abajo.

Después de varios minutos, encontraron lo que buscaban detrás de un montículo compuesto de sillares algo más limpios que el resto; tenían aspecto de que alguien los hubiera movido recientemente. En el suelo se abría un agujero circular y, al asomarse, con precaución, vieron unos peldaños de piedra que se perdían en la negrura. Allí los golpes se oían con mayor fuerza y claridad.

—Voto por largarnos —murmuró Gabriel.

Pero Laura, inclinándose hacia el hoyo, ya estaba diciendo casi a gritos:

—¿Hola? —A su llamada siguió un momento de silencio en el que incluso los martillazos cesaron—. ¿Hola?

La espera, aunque fue breve, duró lo bastante como para que ambos dejasen de respirar. Luego, de la oscuridad del fondo, surgió una cabeza rubia que ya conocían. Xavier Guzmán miraba hacia arriba con una mueca grave dibujada en la cara, pero pronto la transformó en otra algo más amable. Estaba sudando profusamente y tenía el pelo húmedo pegado a la frente.

—Ah, sois vosotros otra vez —dijo con su curioso acento. Volvió a desaparecer un momento en las tinieblas y después subió con cuidado los escalones hacia la superficie.

—Hola, señor Guzmán —saludó Laura.

—Esos ruidos —preguntó Gabriel—, ¿los estaba haciendo usted?

El hombre los observó durante un instante y a continuación echó un vistazo a su alrededor. Desde donde estaban no se veía a Marina y Susana, que permanecían al otro lado de uno de los muros tal como Laura les había ordenado.

—Lo siento, muchachos. Pero debéis iros. He llegado a un acuerdo con el Patronato de Cultura para restringir el acceso a este lugar durante una temporada.

Laura arqueó las cejas.

—¿Por qué?

—Me han enviado desde mi universidad para realizar un estudio.

—¿Sobre la abadía?

Guzmán asintió, pero no parecía dispuesto a facilitar más datos que aquéllos.

—Tenéis que marcharos ya, ¿de acuerdo?

Gabriel asintió, pero Laura era más reacia a obedecer.

—¿Qué hay ahí abajo?

—Es sólo el sótano de la abadía.

—Anda, vámonos —pidió Gabriel tirando del brazo de Laura al ver la determinación en la expresión de Guzmán. No muy convencida, su amiga se dejó llevar y deshicieron el camino. Cuando se volvió a mirar, vio al tipo observándolos con semblante serio.

Susana y Marina los esperaban inquietas.

—¿Ocurre algo? —preguntó la mayor de las dos al verlos reaparecer.

—Nada. Tenemos que irnos, simplemente. Por lo que parece están haciendo algún tipo de estudio sobre la zona y han restringido el acceso —explicó Gabriel—. ¿Has hecho tus fotos?

—Alguna.

Laura no abrió la boca durante el trayecto de regreso. Algo le rondaba la cabeza, pero no tenía muy claro de qué se trataba.

A pesar de que Gabriel intentó en más de una ocasión hacerla participar en la conversación, ella se mantuvo aparte, dándole vueltas a una idea que tomaba forma en su mente y se hacía más y más persistente.

Avanzada la madrugada, Melquiades permanecía sentado en el exterior de su casa contemplando la negrura de la noche a su alrededor, sólo tamizada por la luz débil de la luna. *Holgazán* lo había seguido; se había mantenido despierto y vigilante al principio, pero luego, dandose cuenta de que su dueño no parecía querer volver al interior, se tumbó y buscó una posición cómoda entre las patas de la silla. En aquel momento roncaba suavemente y, de vez en cuando, su cuerpo menudo se estremecía agitado por un sueño y su pata de palo golpeaba contra la silla.

Desde su conversación con los dos chicos hacía unos días, Melquiades no había dejado de pensar en la noche que oyó el grito desgarrador de Horace Kenton. Acudió a toda prisa pensando que lo más seguro era que el inglés se hubiera caído en la oscuridad y, probablemente, se hubiera roto algo. Al llegar a los límites del bosque el perro se negó a ir más allá, los pelos del lomo se le erizaron y sus ladridos se transformaron en gemidos lastimeros.

No encontró a Kenton, a pesar de llamarlo una y otra vez hasta quedarse sin voz. Muy preocupado, se dirigió en busca de ayuda y durante los días siguientes se realizaron varias batidas por toda la zona, pero fue en vano.

Él, sin embargo, continuó recorriendo el bosque sin descanso, más por cabezonería que porque de verdad creyese aún que iba a encontrarlo. Por casualidad, unas semanas más tarde tropezó con aquella imagen terrorífica que ya no habría de abandonarlo nunca. A las faldas del montículo donde estuvo la abadía de Peña Dorada, descubrió un árbol muerto con aspecto de que lo hubieran quemado, aunque todos los que lo rodeaban continuaban vivos y en perfecto estado. Su tronco ennegrecido se retorcía sobre sí mismo y llevaba a la mente, de alguna manera, la idea de un cuerpo humano que se contorsionaba, con los brazos en alto. Aún se sostenía en pie, pero daba la impresión de que más pronto que tarde se desplomaría definitivamente. Fue en ese árbol, en su corteza agrietada, donde Melquiades creyó ver a Horace Kenton... Justo entre aquellas dos ramas que semejaban brazos levantados hacia el cielo se apreciaba un rostro convulsionado, o parte de él, al menos, convertido en madera. Sobresalía, tenía la boca abierta en el momento de proferir un grito, el alarido de dolor y pánico que él había oído... Las facciones estaban distorsionadas, estiradas salvajemente, como si Kenton hubiera realizado un último e inútil intento de escapar de aquel tronco... De hecho, estaban deformadas hasta tal punto que solamente Melquiades habría sido capaz de reconocer en ellas al inglés. Sabía que cualquier otro se reiría de semejante idea. Era consciente, en el fondo, de que lo que tenía delante de él era imposible.

Cuando días después volvió a aquel lugar, el tronco se había vencido y la vegetación ansiosa del bosque lo había cubierto casi por completo.

TERCERA PARTE

LA PRISIÓN

I

1367

Al padre José Bastida lo encontraron tumbado boca arriba en los terrenos dedicados al cultivo. Su cuerpo estaba frío, cubierto por el rocío de primera hora de la mañana. Su muerte podría achacarse fácilmente a causas naturales, dada su edad avanzada, pero la expresión que descubrieron en su rostro hablaba de un terror rayano en la locura.

La luz violácea del amanecer difuminaba los contornos.

El resto de la comunidad acudió rápidamente a la llamada a voces de los dos monjes que lo habían encontrado. Íñigo se abrió camino entre los demás y, al verlo, reconoció en aquellos ojos ya ciegos otras miradas similares que había visto en los últimos tiempos.

—Avisad al abad —dijo alguien. Todavía no se

habían reunido en la iglesia para celebrar la liturgia, con lo que nadie había reparado en la ausencia de Fontanela.

—¿Quién es? —preguntó Íñigo a su amigo Lozada.

—El padre Bastida. Supongo que habrá salido a dar un paseo con el alba y...

Pero Íñigo ya no lo escuchaba.

—¿Bastida? ¿El lingüista? El abad me habló ayer mismo de él. —Se dio la vuelta y emprendió el camino hacia el edificio principal bajo la mirada interrogante de Lozada.

—¿Qué te ocurre?

Otro monje, muy joven, había ya salido a la carrera en busca del abad. Íñigo lo siguió y Lozada fue también tras él, sin comprender todavía, pero sintiendo un creciente desasosiego en su interior.

Tardaron en dar con Fontanela. Lo buscaron en los lugares donde siempre solía estar e incluso, finalmente, lo llamaron a gritos. Al poco, otros monjes se unieron a la búsqueda. Íñigo estaba cada vez más nervioso, pero por el momento se negaba a responder las insistentes preguntas de Lozada. Se limitó a decir:

—Ayer el abad no me creyó y dijo que le pediría a Bastida que analizase el libro.

—¿El libro? ¿Tu libro? ¿El que trajiste contigo?

Íñigo contestó con un gesto indeciso que parecía afirmativo, pero justo entonces oyeron varias exclamaciones de espanto y un monje, el joven que primero había acudido a informar al abad del descubrimiento del cadáver del padre Bastida, apareció por un lateral del *scriptorium*. Su cuerpo se convulsionó en una arcada.

—La puerta estaba abierta... Siempre está cerrada —dijo a modo de explicación—. Por eso he subido. —Le sobrevino una nueva arcada y echó a correr hacia el exterior.

Íñigo y Lozada se precipitaron por el hueco de la escalera. El abad Fontanela tenía los ojos entrecerrados, como si en el último momento no hubiera querido ver pero tampoco se hubiese atrevido a cerrarlos del todo; los brazos del tío de Íñigo formaban una cruz delante de su rostro. De algún modo, todo su cuerpo se había incrustado en la pared y se había convertido en piedra.

Ambos, sobrecogidos por lo que estaban presenciando, se santiguaron.

—Esto... ¿Esto lo ha hecho tu libro? —preguntó Lozada con la voz a punto de quebrársele.

—Nnno... No el libro, sino lo que hay en el libro. —Hizo una pausa y se frotó la cara con las manos—. También ha causado la muerte del padre Bastida. —Se asomó al interior de la sala y vio el manuscrito abierto sobre la mesa. Esa imagen quedó grabada en sus retinas.

—Pero ¿cómo? ¿Cómo es esto posible?

—Se nos acaba el tiempo.

—Debes contárselo a los demás. A todos.

—Sí. Reúnelos. Reúne a toda la comunidad.

Cuando comenzó a hablar, Íñigo estaba convencido de que cuando concluyese los otros monjes le pedirían, o quizá le exigirían, que abandonase la abadía y se llevase consigo el libro. Al menos sabía que creerían su historia, el estado en el que habían hallado al abad era prueba suficiente de ella.

Se cruzaron miradas de asombro y más de uno se santiguó repetidamente mientras avanzaba el relato. Luego, cuando Íñigo terminó, nadie parecía decidirse a tomar la palabra.

—¿De cuánto tiempo disponemos? —preguntó al fin un monje alto y delgado llamado Pedraza.

—No puedo responderte a eso, no lo sé. Pero poco, seguro.

—¿Y por qué crees que la cripta es el lugar más adecuado? —inquirió otro.

—¿Tienes alguna sugerencia mejor?

—Podríamos destruirlo de otra manera —insistió el mismo de antes—. ¿Por qué no lo quemamos?

—Sí, podríamos quemarlo —secundó otro más.

—Me temo que eso no funcionaría. Si en este volumen maléfico se esconde lo que yo pienso, el fuego podría no ser más que un aliado para que su contenido saliera al exterior.

—Estoy de acuerdo —lo respaldó el primero de los monjes que había hablado, Pedraza—. Si lo quemáramos..., quién sabe qué cataclismo podríamos estar provocando.

Ante eso, volvió a hacerse el silencio durante un momento.

—¿Cómo haremos para mantenerlo encerrado? —preguntó de nuevo Pedraza.

Íñigo llevaba tiempo pensando en eso.

—¿Hay algún maestro cantero en la abadía? —preguntó.

—Sí, el hermano Mateo. Y el hermano Quesada suele echarle una mano —comentó Lozada señalando a ambos.

Íñigo se volvió hacia ellos:

—Buscad una roca grande, que pese mucho. La moveremos entre todos si hace falta. Es la mejor forma de sellar la cripta.

—Habrá que cincelarla para ajustarla por completo al hueco de la puerta, y eso llevará su tiempo.

—Que sea el menor posible, hermano. Cada segundo cuenta.

Mateo hizo un gesto de asentimiento y, sin añadir nada más, salió seguido del hermano Quesada. Los demás se encargaron de prepararlo todo para darles cristiana sepultura al abad y al padre Bastida.

Durante los días siguientes las muertes se sucedieron a un ritmo vertiginoso. Todas carecían de lógica. El padre Abraham saltó al vacío desde lo alto de un risco, y el cuerpo del padre Elías fue descubierto unas horas después, el mismo día, colgando de una rama de una de las encinas situadas detrás de los cobertizos. De modo igualmente inexplicable fallecieron otros tres monjes, lo que provocó que varios miembros de la comunidad decidieran abandonar la abadía en busca de algún lugar más seguro. Por fortuna, Mateo, el cantero, y su ayudante, Quesada, optaron por quedarse hasta haber terminado su trabajo. Lo mismo hicieron otros ocho monjes.

Por las noches, para no quedarse ninguno a solas, determinaron reunirse todos en la iglesia para rezar constantemente hasta que el sueño los iba venciendo uno a uno. De día se esmeraban en transportar hasta la abadía las rocas que Mateo había seleccionado, donde éste y Quesada las pulían con un mazo y un cincel.

II

2008

—¿Tú estás loca? —preguntó Gabriel.

Estaban en la habitación de Laura y ella acababa de contarle el plan que había ido rumiando desde que salieron del bosque.

—¿Por eso has estado tan callada todo el día? ¿Eso es lo que has estado pensando?

—No todo el día. Sólo desde que Xavier Guzmán nos echó de la abadía.

—Pero nos dio una explicación.

—No sé tú, pero yo no me la creo.

Gabriel se encogió de hombros.

—Tampoco a mí me sonó muy convincente lo del Patronato de Cultura, pero no por eso se me ocurre hacer una excursión nocturna.

—Entonces, ¿no te apuntas?

—¿Hablas en serio... de verdad?

—Vale, déjalo —le espetó Laura con cierto desdén.

—Oye, no he dicho que no vaya a ir. ¿A qué hora?

—Mis padres se acuestan nada más cenar; esperaremos a después de medianoche, pero tampoco mucho. Tenemos que estar de vuelta antes de que amanezca.

—¿Y mañana tienes que madrugar?

Entonces fue el turno de Laura de encogerse de hombros. Ya pensaría en mañana cuando llegase, en aquel momento su mente estaba demasiado ocupada en lo que quería hacer esa misma noche.

La luna brillaba con intensidad cuando ambos se escabulleron por la puerta trasera de la cocina, pero apenas habían recorrido unos doscientos metros cuando el satélite se ocultó detrás de un grueso manto de nubes y ya no volvió a aparecer. Tuvieron que valerse de las linternas que llevaban con ellos para ver dónde ponían los pies.

Gabriel no pudo parar de bostezar durante la primera parte del camino, pero luego, cuando el terreno se hizo más accidentado y exigente, necesitó poner toda su atención en no tropezar y se olvidó incluso del sueño que tenía.

Cuando llegaron al lugar desde el que, de día, se podía apreciar el bosque en toda su extensión, se detuvieron y contemplaron durante unos minutos la mancha oscura que tenían delante.

—Mira, te voy a ser sincero, me da igual lo que pienses —dijo Gabriel ya completamente despierto—. No me hace ninguna gracia meterme ahí dentro a estas horas.

Laura sonrió con cierto alivio.

—¿Quieres que yo también te sea sincera? Creo que yo sola tampoco me atrevería a entrar, así que... —Estaba a punto de pedirle por favor que no se echase para atrás, pero no hizo falta, porque Gabriel le dio un toque suave con el codo y comenzó a descender la ladera.

—Anda, vamos. Si me lo pienso un poco más, te aseguro que me doy la vuelta y me voy a dormir.

Aquella vez más que ninguna otra, entrar en el bosque fue penetrar en otro mundo. En la imaginación de los muchachos los árboles, tan cerca unos de otros, se les antojaron hileras de columnas de algún palacio espectral abandonado por sus moradores. No se oía ningún ruido aparte del que producían sus propias pisadas. El suelo estaba más embarrado que la tarde anterior, y en algunos puntos costaba avanzar.

Bajo los haces de luz de las linternas, el esqueleto de la abadía se mostró ante sus ojos como un lugar lúgubre y poco acogedor. A Gabriel no le habría extrañado que Horace Kenton escogiese aquel preciso momento para dejarse ver.

—¿Tienes claro que quieres entrar ahí?

—No, no me apetece mucho, pero la curiosidad puede más.

—Pues, hala, que tu curiosidad vaya delante, que yo vigilo la retaguardia.

—Muy gracioso.

Laura se dirigió a la entrada del sótano procurando prestar la menor atención posible a las sombras siniestras que iban surgiendo a su paso y que se proyectaban por las paredes semiderruidas.

—¿Quieres que baje yo primero? —se ofreció Gabriel al llegar al agujero.

—No te preocupes. Ha sido idea mía, así que me toca.

Enfocó su linterna hacia la pendiente de las escaleras. No se veía casi nada. Cogió aire y lo soltó con lentitud, mientras movía el pie derecho hacia el primer peldaño.

—¿No decías que querías estar de vuelta antes de que amanezca? ¡Date un poco más de prisa!

Laura le dedicó un gruñido, pero obedeció y descendió todo lo rápido que pudo. Gabriel la siguió después de echar un nervioso vistazo a su alrededor.

Una vez abajo, resultaba imposible hacerse una idea clara de las dimensiones del sótano. Se habían producido varios desprendimientos y la luz de las linternas no alcanzaba los rincones más apartados.

—¿Qué esperas encontrar aquí? —quiso saber Gabriel.

—Lo que sea que está buscando nuestro amigo Guzmán. Pero ni idea de qué puede ser.

Fue enfocando el haz a un lado y a otro intentando localizar cualquier cosa que le llamase la atención, y, de pronto, encontró un grupo de rocas apiñadas contra una de las paredes.

—Mira eso de ahí —le indicó a Gabriel. El muchacho dirigió también su linterna hacia el mismo punto y, tras unos segundos, sugirió:

—¿Otro desprendimiento?

—No, fíjate. Parece que han puesto las rocas ahí a propósito, están demasiado bien colocadas, es similar a un muro... Y mira, han apartado algunas. —Se acercó más y su pie chocó con algo blando. Al bajar la luz de la linterna para comprobar de qué podía tratarse, descubrió una gran bolsa de deportes. Junto a ella había dos enormes focos conectados a un pequeño generador apagado—. Todo esto lo tiene que haber montado Guzmán.

Gabriel se colocó a su lado y recorrió con la luz la pared frente a la que se hallaban. Apoyados contra ella, había un pico, una pala y un gran mazo. La montaña de rocas sólo ocupaba una pequeña porción de la pared.

—Debe de haber algo ahí, al otro lado —opinó Laura.

—Sí, puede ser. Un pasillo, tal vez, que comunique con otra sala como ésta.

—Pero la taparon. Por alguna razón.

—¿Y si ya entonces se había producido un desprendimiento? —sugirió Gabriel—. Puede que taparan la entrada para evitar accidentes.

Laura no dijo nada. Por lo poco que ellos sabían, cualquier opción era posible. Volvió a mirarlo todo, y luego se agachó y abrió la cremallera de la bolsa de deportes. En su interior había un par de herramientas más y una linterna con aspecto de ser bastante más potente que ninguna de las que ellos llevaban.

—¿Por qué querrá ese hombre entrar ahí? —preguntó en voz baja, como si hablase consigo misma y no esperase respuesta. No obstante, Gabriel le ofreció una:

—Porque la entrada está cerrada. Por lo mismo que a ti y a mí nos ha despertado la curiosidad, como haría cualquier puerta sellada, ¿no? ¿No te entran ganas siempre de ver que hay detrás de una puerta que está cerrada? Lo más seguro, de todas formas, es que ahí no haya nada; ya te digo, otra sala similar a ésta, punto.

Laura no quedó muy convencida, pero viendo que no podían hacer nada y que tampoco había nada más por ver, retrocedió hacia la escalera y comenzó a subir por ella.

—Una excursión estupenda —dijo Gabriel con sorna, una vez estuvieron los dos fuera y empezaron a deshacer el camino recorrido—. Podrías sugerírsela a los clientes del hotel: una noche entera sin dormir, una caminata a oscuras corriendo el riesgo de torcerse un tobillo o, mejor aún, de despeñarse por un precipicio, pero todo merece la pena por ver lo que nos aguarda en nuestro destino... ¡Un montón de piedras, señores! Un montoncito de piedras que alguien apiñó contra una pared...

—¡Oh, cállate ya!

—Sólo te digo una cosa, por la mañana no se te ocurra despertarme, ¿eh? Me he ganado el derecho a aprovecharme de la hospitalidad de tus padres y dormir toda la mañana. Tú no podrás, ¿verdad? Tú tienes que levantarte y currar un poquito.

—¡Calla, pesado!

III

1367

Le pareció absurdo e increíble que algo tan simple no se le hubiera ocurrido antes. Con la determinación que en ocasiones sólo el miedo puede provocar y con un golpe seco, incrustó en la tapa de madera el primero de los clavos. Necesitó un segundo golpe para que la punta penetrase en la otra cubierta. Luego repitió la acción con otro clavo. Sin embargo, sabía que aquello era un intento inútil.

Unos golpes suaves en la puerta le hicieron levantar la mirada.

—Adelante.

La puerta se abrió y un joven de apenas veinte años enfundado en hábitos de monje entró inclinando la cabeza. Era el muchacho que había descubierto días atrás el cadáver petrificado del abad Fontanela.

—Las obras han concluido.

Íñigo asintió en silencio y desvió momentáneamente la mirada hacia la ventana; a través de ella se divisaba la sierra cubierta de nieve y el cielo encapotado. Le habría gustado ver una vez más el sol. Despedirse.

—Vamos a ello —murmuró.

—Si me permite, padre. Quedarán un par de horas de luz, como mucho. ¿No prefiere aguardar a mañana?

—Mañana puede ser demasiado tarde para todos nosotros, hermano Jaime —contestó Íñigo poniéndose en pie y aparentando una resolución que no era del todo cierta. Tras un instante de duda, recogió el libro cuyas tapas acababa de clavar y lo guardó en un morral.

Ambos hombres salieron de la estancia y recorrieron el pasillo en penumbra hasta las escaleras de caracol que descendían por el interior de una de las torres de la pequeña abadía hasta la planta baja y, desde ahí, continuaban hasta el subsuelo. El sótano estaba excavado en la roca de la montaña, y en él esperaban los demás monjes.

—Ya está todo listo —dijo Mateo, el cantero,

sin poder evitar dirigir una mirada nerviosa al zurrón que Íñigo cargaba.

Lozada se acercó a Íñigo y posó su mano sobre la de él.

—¿Estás seguro de que servirá de algo?

—No —reconoció el monje—. No lo estoy. Pero ya te he dicho que esto es lo único que se me ocurre.

—Vas a sacrificarte a ti mismo para intentar mantener a raya el oscuro poder que alberga ese manuscrito.

—Yo lo traje aquí, soy el culpable de todo lo sucedido. Con lo que voy a hacer, espero al menos hallar un poco de perdón que alivie mi culpa.

Íñigo asintió a sus propias palabras con gesto sombrío y concentrado. Frente a él estaba la entrada a la cripta, una escalinata que se hundía en las profundidades de la montaña. Sintió que un escalofrío recorría su espina dorsal y un temblor en las piernas que, afortunadamente, consiguió dominar. Dio dos pasos y cogió una de las teas encendidas que colgaban de la pared.

—¿Está seguro, hermano? —fue Jaime, el joven que minutos antes había ido a buscarlo, el que lo preguntó.

—Haced lo que os he pedido —respondió Íñigo, dedicándoles a todos una última mirada—. Aseguraos de que no pueda abrirla en caso de que la voluntad me falle o de que el maligno se haga dueño de mis actos. Y, después, marchaos antes de que caiga la noche.

Sin más palabras, algo apresurado para no permitir que el temblor regresara, inició el descenso.

Los monjes que quedaron a su espalda permanecieron quietos, fijos los ojos en la luz de la antorcha que se alejaba.

Habría descendido una treintena de escalones, cuando Íñigo oyó por encima de su cabeza el ruido de una gran piedra que se deslizaba; se le encogió el estómago. Habían sustituido la puerta de la cripta por una de piedra; la habían cincelado hasta asegurarse de que encajase perfectamente en el hueco de acceso a la escalera, de modo que para un hombre solo fuera imposible moverla. No quiso mirar hacia arriba, consciente de que si lo hacía quizá sus fuerzas comenzasen a traicionarlo. Los ruidos continuaron mientras sus compañeros colocaban la roca en la posición adecuada y, luego, tras aquélla añadían varias más. Íñigo prosiguió su descenso.

Abajo, al final de la escalera tallada en la piedra, se abría una estancia circular y abovedada donde el propio Íñigo, días atrás, había colocado una mesa y una silla. No había allí nada más, aparte del osario. Tampoco era que fuera a necesitar otras cosas.

Colocó la tea en el soporte que colgaba de la pared y se sentó en la silla. Ya no le llegaba ningún sonido desde arriba e Íñigo supuso que el silencio que lo rodeaba entonces lo acompañaría durante toda la eternidad.

—Queda poco para que se haga de noche —apuntó el padre Mateo—. Vayámonos.

Lozada aún tardó un instante en obedecer, seguía mirando la roca que obstruía el acceso a la cripta.

—¿Será esto suficiente? —preguntó.

—Roguemos al Señor para que el sacrificio en el que hoy hemos colaborado lo sea —contestó uno de sus compañeros.

Apenas media hora más tarde, abandonaban para siempre la abadía cargando cada uno con un pequeño fardo en el que sólo habían metido lo que consideraban más necesario. Tendrían que recorrer las montañas a oscuras, pero preferían correr el riesgo de torcerse un tobillo a permanecer durante una sola noche más en aquel lugar.

Íñigo sacó el manuscrito de su morral y lo puso sobre la mesa, frente a él. La cabeza de uno de los clavos sobresalía de la madera aunque él estaba seguro de que lo había hundido por completo en ella. Llenó los pulmones de aire y lo expulsó despacio, haciendo esfuerzos por calmarse. Seguramente los clavos no conseguirían nada, pero esperaba que la roca sí lo lograra.

Cuando la luz que proyectaba la antorcha menguó, las sombras empezaron a moverse a su alrededor, avanzando hacia la mesa. A los ojos del monje, cobraban no sólo forma, sino también volumen.

No mucho después el fuego se consumió por completo y el interior de la cripta se quedó a oscuras; Íñigo comenzó a entonar una oración sin apenas despegar los labios.

IV

2008

Laura había abierto la habitación que ocupaba Gabriel con la llave maestra y contemplaba cómo éste dormía profundamente, tumbado boca arriba, con la cabeza inclinada hacia atrás, la almohada estrujada bajo el brazo derecho y el izquierdo colgando flácido hacia el suelo. La sábana le cubría hasta la cintura y dejaba a la vista la camiseta blanca interior sin mangas que llevaba. Un pie le asomaba por el otro extremo de la cama y, a un lado, había tirado toda la ropa que se había puesto por la noche.

—Gabriel. —Era la tercera vez que decía su nombre y la respuesta fue la misma: un leve gruñido, que bien podía ser un ronquido, un cambio de posición, y un temblor casi imperceptible de los párpados. Luego, nada. Su sueño era demasiado profundo.

También ella estaba agotada. Se había levantado un poco más tarde que de costumbre, pero llevaba ya casi tres horas en pie y su reloj de pulsera marcaba las diez y veinte. El ajetreo veraniego del hotel no le permitía tomarse un día de descanso. Después de desayunar había limpiado las habitaciones que le correspondían y entonces volvía a estar libre. Tenía tiempo de tumbarse un rato, aunque no pensaba hacerlo. Había sido precisamente durante el desayuno, al ver a Xavier Guzmán abandonar el hotel y dirigirse monte arriba, cuando se le había ocurrido la idea.

—Tú te lo pierdes —dijo dándose la vuelta y yendo hacia la puerta. Gabriel emitió un nuevo gruñido y se rascó la nariz; al hacerlo puso una expresión cómica que hizo sonreír a Laura—. Había venido a decirte que cada día me pareces menos tonto y me gustas más. Sobre todo, si te cortases un poco ese flequillo. —Siguió sin producirse ninguna reacción, así que salió definitivamente.

El ruido de la puerta al cerrarse se metió en sus sueños e hizo que, lentamente, Gabriel abriera los ojos. La frase de Laura flotaba en el aire, cerca de sus oídos, pero ella no estaba allí. Imaginó que lo que había oído debía de ser la llamada de alguien con los nudillos en la puerta; esperó, inmóvil, a que llamasen de nuevo y, cuando no ocurrió nada, se dio la vuelta hacia un lado, después hacia el otro, y volvió a quedarse dormido al instante.

Nadie había limpiado la habitación de Guzmán porque en el exterior estaba colgado el cartel de «NO MOLESTEN – *DO NOT DISTURB*». Eso convenció aún más a Laura. Miró a un lado y a otro, y se coló dentro en un santiamén.

El interior estaba en orden, excepto el escritorio que había junto a la ventana. Al parecer el propio Guzmán había hecho su cama, pues las sábanas estaban meticulosamente alisadas, sin una sola arruga por pequeña que fuera. En un estante al lado del armario había una maleta grande y un maletín. Ambos estaban vacíos. La joven abrió el armario, por si acaso, pero dentro no había más que ropa doblada y colgada con el mismo cuidado y esmero con que se había hecho la cama.

Se dirigió a la mesa, cuya superficie estaba

oculta por completo bajo decenas de papeles, libros, carpetas y un par de mapas.

Cuando salió de la habitación para bajar a comer, todavía no tenía claro lo que había estado leyendo durante las últimas horas. Aunque algunos de los documentos de Guzmán estaban en castellano, la gran mayoría era en inglés y a Laura le llevaba algo más de tiempo leerlos. Gabriel por fin se había despertado, pero parecía aturdido por el cansancio mientras masticaba sin ganas la comida. Laura optó por no contarle nada por el momento; terminó rápido y desapareció de nuevo en la dos cero cinco con la esperanza de que su ocupante no regresase hasta tarde.

La segunda vez que salió de la habitación, sintió que un escalofrío se había instalado dentro de su cuerpo. Se le había erizado la piel y sabía que, pese al terrible sueño que tenía, no iba a poder dormirse.

Bajó a la cocina en busca de un vaso de agua y encontró a Gabriel sentado a una de las mesas vacías del restaurante, inmerso en la lectura de un folleto turístico que había debido de coger de la recepción.

—Eh, ¿dónde has estado metida todo el día? —le preguntó el muchacho al verla. Había estado toda la tarde buscándola, pero ni siquiera sus padres habían sabido decirle por dónde andaba.

Ella se volvió hacia él con la cara pálida, en parte porque apenas había dormido desde las seis y media del día anterior, y en parte por todo cuanto había descubierto.

—No te lo vas a creer —dijo tendiéndole la mano—. Ni yo me lo creo.

—¿El qué?

—Ven.

Laura entró en la cocina por la puerta que había tras la barra, se bebió de un trago un gran vaso de agua fresca y luego emprendió el camino a su habitación seguida por Gabriel.

Como les había dicho el día que lo encontraron con el tobillo torcido, Xavier Guzmán vivía en Mánchester, donde había obtenido un puesto de investigación en la universidad tres años atrás. Anteriormente había destacado en el mundo académico por realizar diversos estudios sobre literatura medieval; al aceptar la oferta del departamento universitario, había obtenido la garantía de que él mismo elegiría sus objetos de estudio sin que nadie pudiera interferir ni condicionarlo en modo alguno.

Durante su primer año sus méritos no habían hecho otra cosa que aumentar, sobre todo gracias a sus trabajos sobre Chaucer y Ossian, el poeta guerrero. Más adelante, por accidente, durante unas pequeñas obras de remodelación en su despacho, había hallado, escondidos tras un falso panel en el fondo de un armario-estantería, los cuadernos del profesor que había ocupado su mismo puesto varios años atrás. El nombre de dicho profesor era Horace Kenton. Había empezado a leerlos por simple curiosidad una tarde de lluvia discontinua y, rápidamente, su interés aumentó al ver que toda la información que el profesor Kenton había reunido giraba en torno a un códice medieval cuyo rastro se perdía en el siglo XIV.

Guzmán nunca había oído hablar de aquella obra, pero... ¿por qué su antecesor había mantenido su investigación en secreto? Una breve indagación entre sus actuales colegas le sirvió para averiguar que ninguno de los que lo habían conocido tenía la más remota idea de qué tenía entre manos el profesor desaparecido. Horace Kenton se había evaporado en el norte de España sin que hasta la fecha se hubiera sabido nada más sobre él. Guzmán se guardó de hacer cualquier mención acerca de su descubrimiento y analizó todos y cada uno de los documentos antes de decidir si valía la pena o no intentar continuar con la investigación que el otro había dejado inacabada.

Lo primero que descubrió fue que los pocos expertos que habían hablado en algún momento del misterioso códice coincidían en afirmar que muy probablemente no había existido en realidad. Pero aun así decidió recorrer el mismo camino que Kenton, quien había dedicado todo su empeño a documentar hasta la más mínima mención relativa a la obra.

Una de las fuentes más relevantes era un manuscrito de un tal Felipe Lozada, un monje benedictino que había plasmado en sus memorias los hechos importantes de su vida. Lo más destacado de aquel breve texto era lo referente a lo acontecido en una antigua abadía asturiana en la que, según contaba, habían sepultado un siniestro códice en un intento de evitar que su maligno poder se extendiera. Al parecer Horace Kenton había viajado a España para buscar datos al respecto en los archivos históricos y ya nunca había regresado.

Pero aquello seguía sin explicar sobre qué versaba el libro, cuál era su interés, aparte del de ser una obra muy antigua que cualquier académico estaría interesado en conservar y rescatar de la oscuridad y el olvido de la historia. Sin embargo, fue en los apuntes escritos del puño y letra del propio Kenton donde Guzmán (y, posteriormente, Laura) encontró la clave.

V

2008

Gabriel se echó hacia atrás, apoyó la espalda contra la pared y sopló hacia arriba para retirarse el flequillo de los ojos. La noche había caído en el exterior y Laura llevaba alrededor de una hora hablando sin parar. Él sólo la había interrumpido una vez, al principio, para preguntar qué era un códice.

—Así se llama a los libros antiguos —había contestado ella, antes de reanudar su relato en seguida.

Al cabo de un rato Laura hizo una pausa y se frotó la cara con ambas manos, en un intento de disipar el sueño.

—Sigue —la instó Gabriel—. ¿Cuál es la clave?

—No lo vas a creer.

—Eso ya me lo has dicho antes.

—¿Y? ¿Me has creído hasta ahora?

Gabriel hizo un gesto vago. De lo que había escuchado por el momento, lo que más le costaba aceptar era que Laura hubiera sido capaz de colarse en la habitación de uno de los huéspedes del hotel y de registrar sus cosas sabiendo el riesgo que corría de ser descubierta y con todo lo que eso podría acarrear para su reputación y para el negocio de sus padres. Lo de que Horace Kenton había ido a Asturias en busca de un texto medieval encajaba con la historia del viejo Melquiades, pues el propio inglés le había dicho que estaba intentando encontrar algo en la abadía de Peña Dorada.

—Pues lo que viene ahora...

—Te escucho. —Gabriel se quitó las zapatillas, subió los pies a la cama de Laura y apoyó los codos sobre las rodillas.

Ella continuó sintiendo que los ojos marrones de Gabriel la observaban todo el tiempo:

—Kenton basó toda su investigación en una antigua leyenda que un historiador escandinavo mencionaba en una obra sobre las conquistas de los pueblos vikingos. Al parecer uno de esos grupos llegó hasta las profundidades de lo que ahora es Rusia y mantuvo enfrentamientos constantes con los habitantes de la zona. En una de esas batallas, según se cuenta, los vikingos salieron derrotados porque su enemigo contó con una ayuda muy especial, la del mismísimo demonio.

Gabriel arqueó las cejas y abrió los ojos de par en par. Laura asintió para darle a entender que había escuchado bien y continuó:

—De alguna forma, aquel pueblo había logrado granjearse la ayuda de un diablo para defender su territorio, un diablo al que llamaban Astaroth.

—¿Astaroth? Nunca había oído ese nombre. Satanás, Lucifer, pero no Astaroth.

—Por lo visto, en demonología es el nombre de un duque del infierno. Bien, los vikingos se vieron forzados a retroceder, pero siendo como eran un pueblo guerrero, no quisieron darse la vuelta. Preferían morir en el campo de batalla. La lucha continuó durante varias semanas y, al parecer, finalmente los invasores consiguieron vencer porque hallaron la manera de capturar al demonio que les hacía frente.

—¿Cómo?

—¿No lo adivinas?

Gabriel negó levemente con la cabeza.

—Lo encerraron en el libro. Primero consiguieron atrapar a un hechicero que confesó cómo él mismo había logrado conjurar la presencia de aquel diablo, Astaroth, y ponerlo al servicio de su pueblo a cambio de diversos sacrificios. El propio brujo les contó la manera de acabar con él si le permitían sobrevivir.

—¿Y lo hicieron?

Entonces fue el turno de Laura de hacer una mueca vaga.

—Eso no se menciona en ninguna parte. Al menos no en lo que he tenido tiempo de leer. Lo importante es que sí se dice que los vikingos hicieron prisionero al mismísimo diablo y que lo encerraron en un libro escrito en una lengua antiquísima que se hablaba hace más de mil años en aquella zona. Si alguien lo leyese, el demonio quedaría liberado y campraría a sus anchas entre nosotros. Cuando los vikingos regresaron a su país se llevaron el libro con ellos. Parece ser que hay varias referencias a él en diversas obras, aunque siempre de pasada.

Gabriel hundió la cabeza entre las manos y resopló.

—Ya —dijo Laura creyendo adivinar sus pensamientos—, yo tampoco sé... si creérmelo. O reírme. O qué.

—Es que creernos a estas alturas una historia así...

—Sin embargo, tú has visto igual que yo las rocas que tapan la entrada a esa segunda sala del sótano de la abadía, o a lo que sea que haya al otro lado de esa pared. Y, en cierto modo, las historias concuerdan.

Gabriel la miró inquisitivo.

—¿Cómo?

—En que el monje ese, Lozada, hablaba en sus memorias de un libro maligno que decidieron encerrar en la abadía para que su poder no escapase. Ese poder podría ser el del diablo Astaroth. Luego está lo de Horace Kenton, que desapareció aquí sin que nadie haya podido explicarlo nunca.

—Y al que Melquiades dice haber visto más de una vez.

—Recuerda que nos dijo que la noche de su desaparición lo oyó gritar. Puede que...

—¿Puede que...? —Gabriel le dio pie a continuar, pero ella hizo un gesto de negación:

—Nada. —Ella tampoco sabía qué pensar sobre todo aquello.

—Detrás de esas rocas podría haber cualquier cosa. De hecho, yo apostaría a que no hay nada.

—Pero da la impresión de que Guzmán piensa que sí hay algo, y está claro que supone que se trata del libro de la leyenda vikinga.

Se quedaron callados unos minutos, intentando aclarar sus ideas.

—A ver —empezó Gabriel—, imaginemos que ese códice existe realmente y que está ahí, en el sótano de la abadía... ¿Y qué? Tal vez Guzmán sea el más indicado para encontrarlo. Al fin y al cabo, es un... ¿qué, un profesor? Un estudioso o lo que sea.

—Sí, pero espera un momento. Imaginemos, como dices, que existe, que hay un manuscrito en cuyo interior alguien, de alguna forma que no podemos comprender, encerró al mismísimo diablo. Es decir, que ese libro es una prisión. Pero según el monje, Lozada, decidieron esconderlo porque temían que su maligno poder se extendiera... ¿Lo entiendes? Es como si el texto no fuera una cárcel muy segura, como si el demonio que hay dentro pudiera salir. ¡Claro! —exclamó de pronto alzando la voz—. ¿Recuerdas el arroyo lleno de... esas manchas extrañas? Y el bosque; no es normal que el suelo esté como está, tan embarrado. Tú mismo dijiste que parecía que estaba hundiéndose.

—¿Qué quieres decir con todo eso?

—¿Y si el poder que oculta el libro está saliendo? Ayer por la mañana Zacarías le contó a mi padre que había notado algo extraño en los montes. ¡Y el lobo! El que oímos aullar la otra noche. Puede que todo esté relacionado.

—O puede que la falta de sueño te haya trastornado.

Laura se quedó callada. Sabía que Gabriel lo había dicho en broma, pero necesitaba que él la creyera. Lo necesitaba porque ni siquiera ella misma estaba segura de darle crédito al asunto y, si él lo hiciera, ella podría dejar a un lado sus propias dudas.

Gabriel la miró furtivamente. Aun después de haber escuchado semejante historia, con diablo o sin diablo, con vikingos y con brujos, con un libro prisión o sin él, lo que de verdad le apetecía en aquel preciso instante era atraer a Laura hacia él y darle un beso. No sabía desde cuándo se sentía así, cuándo había dejado de considerarla un bicho raro para darse cuenta de lo atractiva que le resultaba. No acababa de aceptar que todo aquello fuera cierto, sonaba demasiado extraño, demasiado imposible, pero sí sabía que en aquel preciso instante estaba a solas con ella y que tal vez, si no lo intentaba entonces, ya no tendría otra oportunidad de besarla. Se lo pensó un poco más, y la ocasión se le escapó entre los dedos, pues ella se levantó y fue hasta la ventana para mirar al exterior.

En silencio, Gabriel maldijo su lentitud para tomar decisiones y se apresuró a preguntar:

—Bueno, y ¿qué quieres hacer ahora?

Laura apoyó la frente contra el cristal y cerró los ojos. El cansancio le enturbiaba el pensamiento.

—Dormir.

—¿Dormir? —repitió el otro pensando que no la había oído bien.

—Tres o cuatro horas. Lo necesito. Me pondré el despertador y volveré a subir a la abadía.

—¡¿Qué?!

—¿Te vienes? Quiero comprobar los avances de Guzmán. Seguro que lleva allí todo el día; me gustaría ver si ha conseguido ya quitar las rocas y abrirse paso hacia el otro lado o cuánto le falta para lograrlo.

Gabriel le echó una ojeada al reloj. Aunque él había dormido casi toda la mañana, hasta más o menos la hora de comer, y luego, por la tarde, no había hecho otra cosa que estar sentado en el salón, en el jardín, en su habitación y, finalmente, en el restaurante, se sentía capaz de volver a dormir toda la noche que tenían por delante.

Laura se volvió para mirarlo.

—¿Vienes o no? —volvió a preguntar.

—Sí. —«¿Qué remedio?», pensó.

—Gracias —dijo ella pillándolo por sorpresa—. No me apetece ir sola..., ahora que sé qué es lo que puede haber allí.

—Yo también voy a acostarme. ¿Te encargas tú de despertarme? Porque te puedo asegurar que si depende de mí, no me levanto hasta el desayuno.

Laura asintió y Gabriel se puso en pie para marcharse a su habitación. Antes de abrir la puerta, giró sobre sus talones y dijo:

—¿Sabes? Hay algo que no me cuadra. Si asumimos la opción de que todo lo demás es cierto, que ya me parece mucho aceptar, ¿cómo llegó el libro hasta aquí? Si los vikingos se lo llevaron consigo, ¿qué pasó para que se trasladase luego a España?

—No he tenido tiempo suficiente para leer todos los documentos que Guzmán tiene en su habitación y, además, supongo que no los habrá traído todos consigo. Seguro que hay muchos más en su despacho de la Universidad de Manchester. Por algún motivo, Horace Kenton vino aquí, y ahora lo ha hecho Guzmán. No creo que ninguno de los dos hubiera hecho el viaje sin tener una razón fundada.

Gabriel asintió y le dirigió una última mirada lamentando otra vez no haberse atrevido a intentar besarla. Ella le devolvió la mirada en silencio, preguntándose qué le habría impedido decidirse cuando había resultado tan obvio que quería darle un beso.

VI

2008

—¿Te has parado a pensar en lo que pudo ocurrirle a Horace Kenton ahí dentro? —preguntó Gabriel. Eran más de las tres de la madrugada y tenían el bosque de la Caldera a sus pies, formando una inmensa mancha oscura y, bajo los focos de sus linternas, algo tenebrosa.

Las nubes ocultaban la luna y las estrellas y soplaba un viento cálido que parecía cambiar de dirección constantemente y que se arremolinaba en las copas de los árboles y entre las piernas de los dos chicos.

Laura no contestó. Pensamientos como aquél no eran los más adecuados para mantener la calma y la mente despejada.

—Porque yo sí lo he estado pensando —insistió Gabriel—. Y creo que hay dos posibilidades. O más bien una sola. La primera de las dos es que se asustara en el último momento, o tal vez le pasara algo una vez estuvo aquí, y saliera huyendo sin avisar a nadie. Pero lo más lógico habría sido que volviera a su casa, a su universidad... Y como eso no lo hizo, supongo que podemos olvidarnos de esa opción.

—¿Y la segunda? —preguntó Laura al fin viendo que su amigo se tomaba demasiado tiempo para continuar.

—La segunda es que... si todo es cierto, todo lo que me contaste antes, todo lo que leíste en los documentos de Xavier Guzmán... y si, como dices, lo que vimos en el río y lo del barro en el bosque tienen alguna relación con la leyenda del libro ese... pues puede que Horace Kenton se acercase demasiado. ¿No te parece? Puede que se acercase demasiado y... El viejo Melquiades lo oyó gritar, así que..., tal vez el diablo se apoderó de él.

—Gracias... por decirlo precisamente cuando estamos a punto de entrar en el bosque —comentó Laura con sorna e intentando que su voz siguiese sonando tan firme como hasta entonces, a pesar de que en su interior se sentía cada vez más nerviosa.

El terreno había empeorado de forma considerable en las algo más de veinticuatro horas que habían transcurrido desde su anterior excursión. El bosque parecía una auténtica ciénaga, se les hundían los pies y los troncos de muchos árboles estaban cubiertos de musgo y moho. El viento, que soplaba entre las ramas como si se tratara de un coro de miles de voces entonando un canto siniestro, portaba de un lado a otro un hedor a humedad y putrefacción que más de una vez les hizo soltar exclamaciones de asco.

—¿Estás segura de que quieres seguir? —inquirió Gabriel mientras alumbraba con la linterna sus calcetines manchados de barro y hierba.

—Sí, ya que estamos aquí... —respondió Laura sin conseguir sonar muy convencida de lo que afirmaba.

Gabriel le ofreció la mano tímidamente y ella la aceptó gustosa. Sintió que aquel tibio contacto la reconfortaba más de lo que habría podido imaginar.

Los pocos muros que quedaban en pie de la abadía de Peña Dorada surgieron ante sus ojos algo más tarde, como vestigios de una época muy lejana en la que quizá, pensaron, sí solía darse más crédito a la posibilidad de que el diablo estuviera encerrado en un libro.

Intercambiaron una mirada fugaz y siguieron adelante. El viento se oía entonces más fuerte, más feroz, y sobre sus cabezas daba la impresión de que las nubes se estaban agrupando. Se detuvieron al llegar a la entrada del sótano. El agujero que se abría a sus pies parecía insignificante, pero ambos pensaron que esa aparente insignificancia podría ser en realidad una trampa, un engaño, que aquel hoyo en el suelo podría ser la entrada a otro mundo, a uno en el que el diablo no figuraba únicamente en las páginas de los libros de religión, sino que caminaba sobre la faz de la Tierra y se mezclaba con los seres humanos.

—Vamos adentro. —Pretendían ser una afirmación, pero las palabras de Gabriel sonaron más bien como una pregunta.

Laura dijo que sí con la cabeza y otra vez fue ella la que bajó primero. Detrás, Gabriel no pudo evitar mirar con inquietud por encima del hombro con la incómoda sensación de que alguien los observaba.

En el sótano, sus miradas fueron directamente hacia la pared tapiada por las rocas y a continuación hacia el montículo donde se habían amontonado buena parte de esas piedras. Guzmán había trabajado duro durante todo el día y su esfuerzo resultaba visible. Sin embargo, la roca más grande, la que de verdad bloqueaba el pasadizo, seguía estando allí, inamovible. Quienes la habían colocado habían hecho bien su trabajo.

Laura y Gabriel se aproximaron a la pared. Las herramientas continuaban prácticamente en la misma posición que la noche anterior.

—Fíjate —indicó Laura apuntando con el haz de su linterna hacia el techo y luego al resto de las paredes. Todas rezumaban humedad. Como una lágrima, una gran gota de agua sucia resbaló por la superficie de uno de los muros y los dos la contemplaron magnetizados hasta que su recorrido terminó al llegar al suelo.

—No creo que esto tarde mucho en venirse abajo.

—Esto no es normal, no es... lógico.

—Lo que no es normal ni lógico es que tú y yo estemos aquí, a estas horas, simplemente porque te has colado en la habitación de uno de los clientes de tus padres y has leído una leyenda que...

Dejó la frase a medias al darse cuenta de que Laura no le estaba prestando atención. Se había agachado y examinaba la roca encastrada en el túnel. Guzmán había abierto varios huecos a su alrededor, pero ninguno era lo bastante grande para pasar por él. Pero su brazo sí cabía perfectamente.

Introdujo la linterna y miró al otro lado.

—¿Se ve algo? —inquirió Gabriel poniéndose en cuclillas a su lado.

—Una escalera, sólo eso.

—La escalera al infierno.

Laura giró hacia atrás la cabeza para mirarlo y soltó de pronto un chillido. Por un instante había creído ver, más allá del círculo de luz blanquecina que los rodeaba a ambos, una silueta detrás de Gabriel. Fue tan inesperado que el pánico sólo necesitó una fracción de segundo para apoderarse de ella. Viendo la dirección de su mirada, Gabriel se dio la vuelta, también asustado aun sin saber por qué, y recorrió la estancia con su foco.

No había nada allí. Nadie aparte de ellos dos.

—¡Vaya susto acabas de darme! —dijo notando los latidos frenéticos de su corazón en la garganta.

—Me ha parecido ver... No sé.

—Anda, vámonos.

—No, ni pensarlo.

—¿Qué? Después de ese grito tuyo no voy a quedarme aquí ni un minuto más. Me has puesto los pelos de punta.

—En cuanto se haga de día, Guzmán vendrá otra vez, y no me extrañaría que consiguiera entrar ahí. Ya le falta poco.

Su amigo volvió a enfocar la roca que sellaba el acceso a la escalera.

—Ya me dirás tú cómo va a mover una persona sola ese pedazo de menhir —saltó, acordándose de Obélix.

—Creo que no hace falta moverla del sitio —respondió Laura, que ya había olvidado lo que había creído ver hacía tan sólo un momento y que volvía a centrar toda su atención en la pared que tenía enfrente—. Mira, está todo tan húmedo que creo que lo más fácil, en lugar de intentar quitar esta roca, es abrir un pequeño agujero y esquivarla.

Gabriel se agachó junto a ella y tocó el muro justo al lado del hueco por el que ella acababa de meter el brazo. La tierra estaba mojada y se le quedó adherida a la palma de la mano.

—Un butrón —comentó entre dientes. Adivinó el pensamiento de Laura—: ¿Qué quieres, que lo hagamos nosotros antes que él?

—Eso es. —Al tiempo que pronunciaba aquellas palabras, Laura se puso en pie y se acercó a coger el pico.

—Espera, espera. Si lo conseguimos, bien, pero ¿y si no podemos? En cuanto venga Guzmán, se dará cuenta de que hemos estado aquí.

—Ya, eso ya lo sé.

—¿Y te da igual?

—¿Se te ocurre a ti algo mejor? Porque a mí la única otra opción que me viene a la cabeza es presentarnos aquí por la mañana, confesarle que sabemos lo que está buscando y pedirle por favor que nos permita entrar ahí con él cuando consiga abrirse paso, pero no creo que él vaya a estar muy de acuerdo. Y si esperamos un día más, estoy segura de que nunca sabremos qué hay de verdad en todo esto. Si el libro está al final de esa escalera y Xavier Guzmán lo encuentra, lo más probable es que coja un vuelo de vuelta a Inglaterra inmediatamente.

—¿Y qué piensas hacer tú si el libro está ahí y lo encontramos nosotros?

Ante eso, Laura se quedó en silencio un largo minuto.

—Ni idea —admitió finalmente—. Pero quiero verlo, quiero ver si es verdad que existe. ¿No te das cuenta de lo que podría significar eso? Las leyendas suelen ser falsas; atractivas, pero falsas. Sin embargo, si ese libro está ahí dentro... Apártate a un lado, no quiero darte con esto.

Resignado, Gabriel obedeció y Laura asestó un golpe a la pared con todas sus fuerzas. La punta del pico se hundió varios centímetros y se desprendió una capa de tierra. Lo sacó y repitió la acción. Luego otra vez, y otra, y otra, incansable.

—Déjame a mí —dijo Gabriel al cabo de un rato, a la vez que alargaba el brazo hacia el mango del pico.

Les llevó cerca de dos horas conseguir abrir un hueco semicircular por el que podrían pasar arrastrándose. Tenía unos cuarenta centímetros de diámetro y la profundidad suficiente como para evitar la roca.

Ambos sudaban profusamente, pero, después de haber llegado hasta ese punto, no pensaban detenerse a descansar. De rodillas frente al agujero, alumbraron el interior con las linternas, pero apenas podían ver nada.

—¿Quieres que esta vez vaya yo delante? —preguntó Gabriel.

—No. A fin de cuentas, yo te he hecho venir hasta aquí. Si pasa algo, aceptaré que me eches la culpa.

—Pensaba hacerlo de todos modos.

Laura le dedicó una sonrisa y, acto seguido, se inclinó hacia la boca del butrón. Sólo necesitó ayudarse un poco con los codos y los pies para recorrer la corta distancia hasta el otro lado; después, dejó la linterna en el suelo y, apoyando las manos en la superficie de uno de los peldaños de la escalera, arrastró todo el cuerpo y volvió a ponerse en pie. La roca gigantesca estaba ahora a su espalda, y a sus pies se iniciaba un túnel que descendía hacia las profundidades de la montaña y cuyo final quedaba más allá del alcance del haz de su linterna.

Gabriel se apresuró a seguirla. Los pocos segundos que permaneció dentro del agujero le hicieron recordar un documental que había visto meses atrás sobre la guerra de Vietnam y cómo los soldados del Vietcong crearon todo un complicado entramado de túneles bajo la jungla para combatir a los norteamericanos. Habría preferido no pensar en ello, porque cuando lo vio le pareció auténticamente claustrofóbico.

Laura lo esperaba al otro lado con la ropa y el pelo cubiertos de tierra.

—¿Listo?

—No, creo que no. Pero vamos.

Bajaron las escaleras con cautela, ya que los peldaños estaban cubiertos de una pátina de musgo que los hacía enormemente resbaladizos. Tras descender varios metros, los haces de luz por fin les mostraron el final: un arco de medio punto que daba paso a una nueva sala.

De pronto, sin saber muy bien por qué, a Gabriel se le disparó la mano izquierda como un resorte y sujetó a Laura por el brazo.

—Espera.

Laura iba dos escalones más abajo que él, así que tuvo que levantar la cabeza para mirarlo.

—¿Qué pasa?

—¿Te das cuenta de que nadie ha estado aquí desde hace... un montón de siglos? —Ella asintió sin decir nada ni comprender adónde quería ir a parar Gabriel—. Puede que haya una razón para ello, ¿no crees? Tal vez no deberíamos seguir, quizá deberíamos darnos la vuelta y largarnos.

—¿Ahora?

—Sí. No estoy muy seguro de que debamos entrar ahí. No tengo nada claro que quiera averiguar si el diablo existe en verdad.

Laura dudó un instante. Podía tener razón. Tal vez fuera mejor seguir pensando en el diablo como en una especie de ser mitológico de cuya existencia únicamente estaban convencidos los más creyentes. Pero no podía detenerse en aquel momento, no estando allí, tan cerca; su curiosidad era más fuerte que su temor.

—Si quieres quédate aquí o arriba, si lo prefieres. Yo no pienso irme ahora.

Continuó bajando y Gabriel, sólo unos segundos después, se unió a ella. Llegaron a la entrada de la sala e iluminaron su interior: una estancia no muy amplia, de paredes de roca recubiertas por una gruesa capa de limo (parecía que aquel lugar hubiera estado durante mucho tiempo sumergido bajo las aguas y hubiese emergido recientemente). De pronto la luz de ambas linternas recayó sobre una mesa de madera basta y tras ella... un bulto oscuro, una sombra. Laura habría vuelto a chillar de no ser porque la voz se le trabó a medio camino en la garganta. Gabriel dio un paso hacia atrás por instinto, notando que todo el cuerpo comenzaba a temblarle y que el vello se le erizaba. Había algo..., alguien, sentado en una silla al otro lado de la mesa, frente a ellos. Una figura envuelta en un manto, una especie de tela de saco con capucha; la escasez de luz no les permitía verle el rostro, que permanecía oculto bajo la capucha, pero sus manos parecían extremadamente finas... Estaban quietas sobre la mesa y entre ellas había algo. ¡El libro! Allí estaba, abierto delante de aquella figura siniestra e inmóvil que no mostraba reacción alguna ante las linternas o la llegada de los dos chicos.

—¿Hola? —consiguió decir Laura—. ¿Quién es usted?

No hubo respuesta. Tampoco ningún movimiento que diera a entender que la había oído.

Gabriel alargó el brazo todo lo que pudo para intentar que la luz les mostrase mejor los detalles de la figura sentada a la mesa. Entonces reconocieron la ropa que vestía: eran los hábitos de un monje, raídos y deshilachados, mugrientos debido a los años y a la misma lámina de humedad y musgo que recubría las paredes y las escaleras.

—¡Las manos! —exclamó Gabriel enfocando con su linterna hacia ese punto.

Laura también lo había visto. En las manos no había piel ni carne, solamente quedaban en ellas los huesos de unos dedos largos que parecían detenidos en el gesto de arañar la superficie de la mesa.

Descubrir que se trataba de un esqueleto y no de una persona viva no los tranquilizó. ¿Qué hacía allí? ¿Por qué continuaba en aquella postura erguida en la silla? ¿Por qué no se había desplomado sobre el suelo?

—Debió de quedarse aquí para custodiar el libro —murmuró Laura pensando en voz alta.

—¿Lo enterraron en vida? Esto es una locura. Y el mayor delirio de todos es que tú y yo estemos aquí abajo, en una maldita cripta a... —miró hacia el hueco de las escaleras intentando calcular cuántos metros los separaban de la superficie.

Laura lo ignoró y dio un par de pasos hacia la mesa. Allí estaba el libro, aquel volumen que un grupo de guerreros vikingos había sacado de un pueblo perdido en la estepa rusa y que de algún modo había ido a parar allí, al subsuelo de una abadía asturiana. Junto a él había dos clavos cubiertos de óxido y retorcidos sobre sí mismos. El tomo estaba abierto por una de sus páginas centrales, pero el texto resultaba un auténtico galimatías a los ojos de Laura.

Refunfuñando, Gabriel se acercó y no pudo evitar dirigir el haz de su linterna al interior de la capucha del monje. Dentro brilló algo blanquecino... La calavera.

—Larguémonos —rogó, y su propia voz le sonó extraña, como distorsionada, o como si hubiera sido algún otro quien hubiese hablado. Miró a Laura, que parecía absorta en el texto incomprensible del libro, y luego contempló los huesos de las manos del monje. Cerca de los dedos de la mano derecha había algo en la madera, una palabra grabada o arañada en la mesa—. ¿Qué pone ahí?

Laura miró hacia donde le señalaba y se inclinó. Era una sola palabra, un mensaje escrito más de seis siglos atrás.

—*Anihilare* —leyó—. No hace falta saber latín para entender lo que significa.

—El monje debió de comprender que, por mucho que lo hubieran encerrado aquí, no habían conseguido destruir el poder del libro. Pero para entonces ya era demasiado tarde para que él se salvara.

—Era imposible salir de aquí —corroboró Laura—. Se sacrificó en vano. Sólo pudo dejar este mensaje para advertir a quienes encontrasen este lugar.

—Para nosotros.

Los dos contemplaron lo que quedaba de aquel monje desconocido y sintieron el enésimo escalofrío desde que habían entrado en la cripta.

—Bien. Es hora de largarnos —rogó Gabriel aferrando la mano libre de Laura y tirando de ella para que, esta vez sí, le hiciera caso.

—Espera. ¿Y el libro?

—Ni se te ocurra tocarlo. Se lo contaremos todo a tu padre y que él llame a la policía o a quien haya que llamar. Esto es demasiado grande para nosotros.

La obligó a moverse hacia la salida, pero entonces ambos se detuvieron, petrificados, al ver una luz que se desbordaba desde lo alto y alcanzaba ya el pie de la escalera. Aunque el retumbar de sus propios latidos casi les taponaba los oídos, distinguieron las pisadas de alguien que bajaba hacia ellos. El miedo los atenazó, impidiéndoles moverse. Además, eran conscientes de que no había dónde esconderse. Al cabo de un par de segundos la luz se posó sobre ellos y también se quedó quieta, iluminando sus rostros pálidos y sudorosos. Hubo un silencio momentáneo y luego, desde el otro lado, oyeron una sonora exclamación:

—¡Vosotros! ¡Otra vez! ¿Qué pasa con vosotros, chicos? —preguntó la característica voz de Xavier Guzmán.

No supieron si sentirse aliviados o todo lo contrario, y tampoco consiguieron articular palabra alguna. Habían perdido la noción del tiempo; en el exterior ya había amanecido y Guzmán había sido el primer huésped del hotel Entresierras en levantarse y desayunar, para, en seguida, dirigirse a la abadía a pesar de la lluvia mortecina que había empezado a caer. Al llegar y bajar al sótano había descubierto el diminuto túnel que los chicos habían excavado y, temiendo haber perdido para siempre lo que pudiera haber allí dentro, se echó a tierra y lo atravesó.

Entonces terminó de descender la escalera y los observó atentamente, con severidad y cierta rabia, pero sus ojos se fijaron de inmediato en lo que había tras ellos: la mesa, la silueta siniestra envuelta en hábitos de monje y el libro abierto de par en par.

—¡Era cierto! —musitó—. ¡Era todo cierto!

Pasó entre los dos chicos y avanzó hasta situarse frente a la mesa.

—¡Era verdad! —exclamó de nuevo.

Laura y Gabriel se dieron la vuelta sorprendidos y ella preguntó:

—Pero usted... usted ya lo sabía, ¿no es así? Usted sabía que era verdad.

—No. ¿Cómo iba a saberlo? —pareció caer de pronto en la cuenta de algo y se volvió un instante para mirarlos—. ¿Qué sabéis vosotros de todo esto? Os dije que os marcharais. Deberíais haberme hecho caso.

—Pero... el libro. Ese libro es... el libro del diablo, ¿no es cierto? La prisión del diablo.

Guzmán la contempló sin dar crédito a lo que acababa de oír.

—¿Cómo sabes tú eso?

Laura bajó un instante la mirada. Pensó que de nada le valía intentar escurrir el bulto y se delató a sí misma:

—Ayer entré en su habitación y leí lo...

Los ojos de Guzmán aparentaron doblar su tamaño y sus cejas se arquearon. Recordó que al regresar al hotel la noche anterior, después de pasarse todo el día en la abadía, tuvo la sensación de que sus papeles no estaban en el mismo orden en que él los había dejado, pero rápidamente descartó la posibilidad de que alguien los hubiera tocado.

—¿Y se puede saber por qué hiciste eso? Entrar sin permiso en una habitación es...

—Sí, lo sé.

Guzmán hizo un gesto de negación con la cabeza y les dio la espalda para volver a concentrarse en el libro que había sobre la mesa. En aquel momento le importaba bien poco lo que hubiera hecho aquella chica. El manuscrito era lo importante. Aunque no había llegado a conocerlo, deseó que Horace Kenton hubiera podido ver lo que él estaba viendo. La confirmación de que la vieja leyenda era verídica.

En uno de sus bolsillos llevaba una pequeña cámara fotográfica, pero con la excitación se olvidó por completo de ella.

—¿Qué piensa hacer usted con el libro? —preguntó Gabriel apenas alzando la voz.

«Buena pregunta», pensó Guzmán. Aquel libro podía suponer para él un éxito sin precedentes en el mundo académico. Desde luego, pensaba reconocer el mérito de Kenton, pero no cabía duda de que sería él mismo quien obtuviese los beneficios del descubrimiento. Sin embargo...

—¿Cómo llegó hasta aquí? —preguntó Laura—. Leí en su habitación que los guerreros vikingos habían atrapado al diablo y se habían llevado el libro con ellos cuando regresaron a su país. Pero ¿cómo llegó entonces hasta aquí?

—La hija del rey Haakon Haakonson el Viejo, la princesa Kristina, lo trajo a mediados del siglo XIII cuando vino a casarse con el infante Felipe, hermano de Alfonso X —explicó Guzmán, mientras paseaba la mirada por las ininteligibles frases rojas de la vitela.

Gabriel le dirigió una veloz mirada a Laura. Aquello venía a ser la pieza que faltaba en el rompecabezas.

Guzmán siguió hablando:

—La princesa no duró mucho en tierras españolas. Falleció a los cuatro años de su llegada por causas que nunca se explicaron muy bien. Tras su muerte, es de suponer que el infante Felipe se quedara un tiempo con el códice, pero lo cierto es que se pierde su rastro. Lo más fácil de imaginar es que permaneciera en manos de alguno de sus descendientes. Como sea, en algún momento del siglo XIV se descubrió lo que el manuscrito escondía en su interior y se tomó la decisión de deshacerse de él. Se organizó su destrucción ordenando que fuera llevado a alta mar, lo más lejos posible de la costa, y arrojado allí a las profundidades. Sólo hay una referencia más en la historia.

—La del monje. Lozada.

Guzmán volvió a arquear las cejas.

—Tuviste tiempo de leer mucho.

—Sí... —Laura estuvo a punto de ofrecer una disculpa, pero sabía que tendría poco sentido.

—Éste ha de ser Íñigo Láinez. —Guzmán hizo un gesto hacia el esqueleto—. Según las memorias de Lozada, fue quien encontró el libro en un navío varado en una playa, el barco que debía haberlo llevado a alta mar. Íñigo lo trajo aquí, a la abadía, y entonces dieron comienzo... —«las muertes». Guzmán terminó la frase en silencio, para sí mismo. Sí, si lo demás era cierto, si el manuscrito existía, si el monje Lozada había dicho la verdad en eso, el resto también debía de ser cierto. No pudo resistir el impulso de registrar con su haz de luz la estancia completa, para cerciorarse de que allí no había nada ni nadie más aparte de ellos.

—¿Qué fue lo que dio comienzo? —inquirió Laura.

Guzmán tardó en volver a hablar y, cuando lo hizo, no fue para responder, sino para formular él otra pregunta:

—¿Habéis abierto vosotros el libro? ¿Lo habéis abierto o ya estaba así cuando habéis entrado?

—No, ni siquiera lo hemos tocado —se apresuró a responder Gabriel.

—Estaba abierto —repitió Guzmán como si hablara solo. En el texto de Lozada quedaba bien claro el miedo que todos ellos tenían a abrir el libro. Reparó en la presencia de los dos clavos... Si Íñigo, en un arranque de locura, los hubiera extraído con sus propios dedos, no estarían tan retorcidos.

Movido por una creciente impaciencia, cogió el tomo en sus manos y fue pasando las páginas una tras otra, buscando algo, aunque él mismo no sabía qué. Los chicos intercambiaron miradas, sorprendidos por su actitud.

—¿Qué ocurre, señor Guzmán? —preguntó Gabriel. Al mismo tiempo Laura repitió:

—¿Qué fue lo que dio comienzo? Cuando el monje trajo el libro a esta abadía, ¿qué fue lo que pasó entonces?

El profesor volvió a dejar el volumen sobre la mesa y percibió con claridad un cosquilleo nervioso que le recorría todo el cuerpo. ¿Cómo podía explicarse el perfecto estado en que se había conservado el libro durante tantos siglos en un lugar en el que la humedad lo cubría todo? ¿Y por qué el monje se mantenía en aquella postura erguida en la silla cuando de su cuerpo sólo quedaba el esqueleto? Era un milagro. O no. No, era todo lo contrario a un milagro.

Descubrió la palabra escrita en latín en la madera y realizó un gesto de asentimiento dirigido, a través de los años que los separaban, a Íñigo.

—Tenemos que destruir el libro. —Al oír sus

propias palabras, se extrañó de haberlas formulado. En cualquier otra situación hubiese hecho cuanto estuviera en su mano para rescatar un antiguo códice como aquél del olvido de la historia, pero todo indicaba que en aquel caso salvar el tomo podría ser la perdición para todos. Tampoco dejarlo allí, en la cripta, era la opción adecuada, pues parecía que el poder que residía en su interior estaba esforzándose por salir filtrándose a través del suelo. El monje Lozada había presentado en sus memorias un listado detallado de las muertes inexplicables que habían ocurrido en el breve espacio de tiempo que el libro permaneció entre los muros de la abadía. Con la yema del dedo, Guzmán recorrió las letras que formaban la palabra *anihilare*. Íñigo Láinez les había dejado una advertencia que no debían ignorar—. Debemos hacerle caso.

Laura lo miró desconcertada.

—¿Hacerle caso? ¿A quién?

—A él, a Íñigo Láinez —contestó Guzmán al mismo tiempo que señalaba al monje sentado delante del libro—. Lozada dejó escrito que Láinez le contó parte de lo que este libro es capaz de hacer y que él mismo decidió sacrificarse. No sirvió de nada o sí, sirvió para retener su poder aquí encerrado durante todos estos siglos. Pero ahora nosotros le hemos abierto una vía de escape... —Levantó la mirada hacia las paredes y el techo de la cripta—. Y, de algún modo es como si ese poder hubiera sabido lo que estábamos a punto de hacer. —Laura asintió, entendía que Guzmán se refería a los cambios que habían tenido lugar en el bosque y en el agua del arroyo—. Si no lo destruimos, probablemente él nos destruirá a nosotros.

—¿Cómo piensa deshacerse de él? —preguntó la muchacha.

—Lo quemaremos.

Parecía una respuesta obvia, pero...

—¿Por qué los monjes no hicieron lo mismo? ¿Por qué no lo quemaron ellos?

—Por una simple asociación de ideas —explicó Guzmán—. Según Lozada, no quisieron echarlo a las llamas porque pensaron que el fuego podría ser un aliado del diablo. ¿Entendéis? El infierno...

—¿Y si tenían razón? ¿Y si al incinerarlo...?

—¿Propones algo mejor? No creo que dispongamos de mucho tiempo.

—Yo estoy conforme —dijo Gabriel—. Quemémoslo.

Guzmán se llevó la mano al bolsillo y sacó un pequeño mechero Zippo de color dorado. Lo encendió y, sin detenerse a pensar lo que pretendía hacer (porque temía que si se lo pensaba nunca llegaría a llevarlo a cabo), aplicó la llama a una de las esquinas de la vitela llevado por un impulso que sabía definitivo. Los dos chicos lo contemplaron impasibles, incapaces de prever qué iba a suceder a continuación. El propio Xavier Guzmán tampoco podía adivinar lo que iba a ocurrir. Jamás habría imaginado que él mismo destruiría un códice tan antiguo como aquél.

En un primer momento pareció que el libro no iba a arder. La llama se apartó a un lado como empujada por una fuerza invisible, un soplo de aire inexistente, pero finalmente, poco a poco, una página comenzó a prender y a emitir un humo negro y pestilente. Los tres asistieron paralizados a la escena.

De pronto, el resto de las páginas del libro comenzaron a pasarse por sí solas y las llamas se extendieron cada vez más rápido. Luego el movimiento se detuvo... y aquellas extrañas palabras escritas con sangre se movieron sobre la superficie de la vitela, burbujearon y cobraron volumen antes de derretirse y resbalar hacia los bordes. Una gran llamarada surgió del papel y se alzó hasta el techo igual que una deflagración. Ante los ojos atónitos de los tres testigos aquella llama adquirió rápidamente forma semihumana, la de un hombre enfurecido que los miraba con toda su ira concentrada en unas pupilas incandescentes. Pese a su apariencia de persona, su rostro era más el de un monstruo agonizante que se sabe perdido. Abrió la boca, gigantesca como las fauces de una bestia, y de su interior brotó un grito ensordecedor que se fue transformando en un aullido de dolor, un lamento, luego casi una súplica. A la vez que se extinguía el grito, desapareció también la figura de la llama. Y, en ese mismo momento, el hilo invisible que había sostenido el esqueleto de Íñigo erguido durante seis siglos se quebró, pues el manto se dobló y plegó sobre sí mismo y cayó al suelo con un pequeño estrépito de huesos que chocan entre sí. Por fin había llegado su hora del descanso eterno.

Quedó ya sólo el fuego que consumió por completo aquel volumen antiquísimo sobre la mesa.

VII

2008

Gabriel se acodó en el alféizar de la ventana de la habitación de Laura y contempló el coche de sus padres aparcado en la entrada del hotel. Habían llegado la tarde anterior y habían hecho noche en el hotel para descansar antes del largo viaje de vuelta a Málaga.

—¿Seguro que has recogido todas tus cosas? —le preguntó Laura, que se había sentado en su cama.

—Pareces mi madre.

Llevaban prácticamente toda la mañana en silencio, apenas habían intercambiado unas pocas palabras durante el desayuno. Incluso habían evitado mirarse. Había pasado un mes entero desde que llegó Gabriel, un mes en el que habían empezado repeliéndose el uno al otro y que terminaba sin que ninguno de los dos encontrase las palabras adecuadas para despedirse después de todo lo que habían pasado juntos.

La llovizna de hacía un rato había parado, pero el cielo estaba totalmente tapado por grandes nubarrones oscuros. Daba la sensación de que de un momento a otro fuera a comenzar a descargar de nuevo. En realidad, casi no había parado de llover desde lo ocurrido en la cripta de la abadía. El verano parecía haber salido huyendo.

Xavier Guzmán había recogido todas sus cosas aquel mismo día y se había marchado sobrecogido por lo que habían presenciado. Aunque había destruido la prueba que lo confirmaba todo, estaba decidido a escribir algo sobre aquel asunto y a mencionar a Horace Kenton, de quien era el mérito de haber ido tirando de un hilo a través de los siglos para desenredar la verdad que se ocultaba tras una leyenda.

Gabriel se volvió hacia Laura y la sorprendió obsevándolo. Ella parpadeó y dirigió la mirada fugazmente hacia otro lado para, en seguida, mirarlo a él de nuevo. Sin darse cuenta, llevaba puesta la misma ropa que el primer día en que se vieron, pero parecía una chica completamente distinta.

—Anoche, en la cena, tu madre dijo que habían pasado un mes genial en Pekín.

—Sí, la verdad es que mi padre ha conseguido un buen puesto de trabajo. Viaja mucho y con todos los gastos pagados. Pero por muy bien que se lo hayan pasado en Pekín, no tiene ni punto de comparación con lo que hemos hecho nosotros.

—No —corroboró Laura.

Gabriel sabía que se esperaba que dijera algo, y quería hacerlo, pero por otra parte sentía que cualquier cosa que dijera ya no tendría importancia, porque nada podría evitar que una hora más tarde él estuviera sentado en el asiento trasero del coche de su padre y ella siguiera allí, en el hotel.

Laura estaba pensando exactamente lo mismo. Hacía treinta días que poco menos se habían odiado el uno al otro, y ahora...

—No me importaría ir a Málaga unos días antes de que comience el curso —dijo tomando la iniciativa al ver que él permanecía callado.

—Estás invitada. Pero no puedo prometerte nada que se salga de lo habitual. Playa, música, teatro...

—Con eso me vale. Ya he tenido suficientes cosas fuera de lo normal.

Elvira, la madre de Gabriel, tocó suavemente en la puerta y la abrió casi al mismo tiempo. Los encontró a los dos el uno frente al otro, mirándose en silencio.

—¡Uy, perdón! Sólo venía a decirte que ya estamos listos, Gabriel; no tardes en bajar.

Sólo entonces, cuando volvieron a quedarse solos, como si las palabras de su madre le hubieran dado el empujón que necesitaba, Gabriel se decidió a besar a Laura.

cuatrovientos

A partir de 14 años
Títulos de la colección

Los hilos cortados
Montserrat del Amo

Eva, no vayas a Berlín en limousine
Manuel Valls

Zonas interiores
Jordi Sierra i Fabra

Corazón de roble
Emili Teixidor

Crecen los problemas de Adrian Mole
Sue Townsend

El club de los asesinos limpios
Blanca Álvarez

La mansión de los abismos
Joan Manuel Gisbert

Marcabrú y la hoguera de hielo
Emili Teixidor

Los okupantes
Emilio Calderón

La vida sobre ruedas
Miguel Delibes

El crimen de la Tangente
Emili Teixidor

El códice de Astaroth
Daniel Hernández Chambres

Félix Fantoba y el club de los escapistas
Emilio Calderón

Miguel Ángel, el terrible florentino
Pilar Molina

Esta edición de
El códice Astaroth
se imprimió en
Brosmac, S. L.